オーバーキル

バッドカンパニーⅡ

深町秋生

集英社文庫

目次

オーバーキル　バッドカンパニーⅡ

I　ホワイトラビット

1

「そいつはおれにやらせてくれ！」

有道了慈《うどうりようじ》は携帯端末に向かって吠《ほ》えた。野宮綾子《のみやあやこ》は困ったような声で答える。

〈えー、どうしよう。他にやりたがっている社員も多いし……正直言って、あなたが出てくるほどの仕事じゃないもの。どうせ沖縄の田舎にいるんでしょう？　波の音がするんだけど〉

携帯端末を肩に挟みながら、釣り用具を片づけて、ＳＵＶの荷台にクーラーボックスを放り投げた。

「頼むからやらせろ！　他のやつに任せたら承知しねえぞ！」

太陽はだいぶ傾いており、那覇《なは》空港の最終便に間に合うかは微妙なところだ。空席があるかもわからない。しかし、それはいつものことだった。

綾子が冷やかす。

〈こわーい。いつも登校を嫌がる子供みたいにグズるくせに〉

「そっちこそ、無理やり修羅場に連れていく鬼ママだろうが」

有道は、沖縄本部町《もとぶちょう》の海で、釣りをゆったりと愉《たの》しんでいた。綾子は、人がくつろいでいるときを見計らったかのように、東京汐留《しおどめ》から呼び出しをかけては、いつ死んでもおかしくない危険な仕事を押しつける。

綾子が経営している『NASヒューマンサービス』は、人材派遣の看板を掲げている。契約先に送りこむ人材は、有道のような元自衛官や元軍人、元警官といった腕自慢や鼻の利く人間たちだ。人材教育や要人警護を行っているが、裏では犯罪絡みの仕事をも引き受ける。ちなみに、『NAS』とは、ノミヤ・オールウェイズ・セキュリティの略称だ。

有道自身も、アウトロー相手にドンパチを幾度も繰り広げ、殺し屋との対決までさせられた。綾子には億単位の借金があるため、しぶしぶ汚れ仕事を引き受けているが、一秒でも早く退職届を叩《たた》きつけてやりたいのが本音ではある。

しかし、なんにでも例外はあった。綾子が訊《き》いてくる。

〈依頼人は今夜から始めてほしいと言ってるけど、遠い南国からじゃ間に合うかしらね。飛行機も空いてるかどうか〉

「行くさ。なにがあってもな。座席は、乗客の頰《ほ》っぺた札束で叩いてでも譲ってもらう。いいか、その仕事はおれのだぞ!」

念を押して通話を切った。

麦わら帽子にサンダル履きだったが、ＳＵＶに乗りこむと、アクセルをベタ踏みにして、国道を猛スピードで走り出す。

「クソ女め」

綾子は最初から、有道がふたつ返事で引き受けるのを知っていたはずだ。なにしろ彼は、今度の依頼人の大ファンだ。高校時代から約二十年も応援してきた。

ＳＵＶのエンジンが激しくうなり、カーラジオの音がかき消された。ボリュームをあげると、アナウンサーによる実況と吹奏楽の演奏が耳に届いた。夏の甲子園。金属バットが硬球を打つかん高い音がする。

約二十年前、高校生の〝不死鳥《フェニックス》〟が甲子園でホームランを打った姿が、脳裏をよぎる。レフトスタンドの最上段まで、ボールを弾丸のようにすっ飛ばすのを、テレビで目撃して以来、有道にとって〝不死鳥〟はずっと英雄であり続けた。

その英雄が困っているという。自分以外に誰がやれる。有道は、観光客が運転するレンタカーを、時速百二十キロで追い越した。

2

有道は釈然としなかった。瞬《まばた》きを繰り返す。

目の前にいるのが、本当にあの〝不死鳥〟こと白鐘政輝《しろがねまさき》なのか。納得がいかない。腕自慢の有道をも超える百九十センチの身長。武士の裃《かみしも》を思わせる広い肩幅とごつい骨格。大臀筋《だいでんきん》が異様に発達したケツは、いかにも元プロ野球選手を思わせる。

「どうしたい。突っ立ってねえで座ったらどうだ」

白鐘はソファに座り、ウイスキーグラスを持ちながら、リビングのドアの前に立つ有道に声をかけた。粘つくような声色だ。

白鐘のマネージャーを務める小野瀬香予《おのせかよ》も、手を伸ばして、白鐘の対面の席を勧める。

有道は香予を恨めしげに見やった。彼女は目を合わせようとはしなかった――なにが〝海外の興奮剤に少し溺れた〟だ。

ほとんど手ぶらのまま、ＳＵＶで道をすっ飛ばし、那覇空港で職員に尻を叩かれながら空港内を駆けまわった。滑りこみで羽田行き最終便の飛行機に乗りこんだのだ。

汐留のオフィスで香予と会ったが、ロクに説明をされることもなく、この女とともに那須《なす》に行くよう指示された。ヒーロー会いたさに、今度は東北道を飛ばしてきたが、実物は有道の知る白鐘とはだいぶ異なっていた。

現役時代とは比較にならないほど痩せ、まともに食事を摂《と》っていないのか、ブルドッグにも似た肉厚だったツラが一変し、今は頬骨が浮き出している。

身体《からだ》を小麦色に焼いているが、顔色が悪いために青黒く見えた。肌はカサカサに乾いており、目の下には不健康そうな隈《くま》がある。

大リーグから日本球界に復帰し、二年前のシーズンで二十本ものホームランを記録したが、肩や膝が限界を迎えて現役引退を表明。日米通算五百本本塁打と二千本安打という華々しい記録を打ち立てた名選手として、野球解説やバラエティー番組に引っぱりだこ……となっていたはずだが、ここ最近はさっぱり見かけなくなっていた。

その理由が今になってわかった。こんなわかりやすいシャブ中を、テレビが起用するはずがない。

アスリートは現役から退くことで、厳しい節制や訓練から解き放たれ、多かれ少なかれ体型を変えるものだ。引退後は何度かテレビで見かけたが、とくに気に留めてはいなかった。おそらく、メイクでごまかしていたのだろう。こうして実物を目撃すると、気まぐれに手を出した程度には見えない。

彼らがいる那須のバンガローは、高原に立地しているだけあって、夜は寒く感じるほど冷える。有道はブルゾンを着ており、香予もスーツを着用していたが、白鐘はといえば、Tシャツにハーフパンツ姿で、汗をダラダラと滴らせていた。

上等なスコッチなんか飲《や》ってはいるが、酒の味などわかっていないはずだ。覚せい剤がキレて、禁断症状の苦痛を酒で紛らわせている。

テーブルのうえはスコッチや焼酎の瓶が林立し、空になったミネラルウォーターのペットボトルが周りに散乱していた。灰皿にはタバコの吸い殻が山をなし、室内はタバコの臭いが淀《よど》んでいた。

白鐘は、スコッチをチビチビやったかと思えば、チェイサーの水をガブガブと飲んだ。グラスを握る手も小刻みに震えている。ソファに座っているだけでもしんどいだろうに、虚勢を張ってふんぞり返っていた。

「なんだ。プロと聞いてたが、恐くて近寄れねえのか？」

白鐘は二の腕に力をこめた。

メジャーリーグ時代に入れた不死鳥の刺青《いれずみ》がうごめく。未《いま》だに贈答用のハムみたいな太い腕をしていたが、全盛期を知る者にとっては迫力不足だ。当時は生ハムの原木みたいな筋肉をしていて、その腕でホームランを量産したのだ。露《あらわ》になっている左膝には、メスを入れた痕《あと》がいくつも見られた。

ケガは白鐘の代名詞でもあった。甲子園の怪物新人としてドラフト一位に指名され、鳴り物入りで一軍登録。スタメンとして起用され、レフトを守っていたが、バッターが打ったフライを追った末に、同じくボールを捕球しようとしていたセンターと激突した。白鐘の肋骨《ろっこつ》三本が砕け、左膝の靭帯《じんたい》も損傷するなど、主治医が〝交通事故レベル〟と呼ぶほどの大ケガを負い、一年目のシーズンを棒に振った。

もはや甲子園時代のような活躍はできないだろうと、世間が将来を絶望視するなか、血のにじむようなリハビリ生活を送った末、驚異的なスピードで回復を果たした。二年目には二軍でホームラン王となり、三年目で再び一軍に昇格。レギュラーの地位を獲得し、怪物的な実力を開花させた。

左膝の古傷を中心として、ケガは何度も彼の活躍を阻んだが、復帰するたびに大きくなって戻ってくる。それゆえ〝不死鳥〟なる仇名《あだな》がついた。

有道がずっとファンであり続けたのは、その不屈の精神にあったのだが……まさか覚せい剤の泥沼に嵌《は》まっていたとは。

深々とため息をついて、ソファにどっかり腰かけた。衣類などを詰めこんだスポーツバッグを脇に置く。なかには文房具店で買い求めたサイン用の色紙とフェルトペンが入っていたが、とてもねだれるような雰囲気ではなさそうだった。ねだる気にもなれない。

「シャブ中のクズなんかにビビるかよ」

「ああ?」

白鐘は歯を剥《む》いて怒りの形相を見せた。

有道はそれとなく彼の歯に目をやった。前歯がだいぶ蝕《むしば》まれている――典型的なメタンフェタミンマウス《メス》だ。

覚せい剤の乱用者は、何日もハイになって風呂も入らず、歯も磨かないことが多い。

覚せい剤の作用で唾液が減少し、口内は菌が繁殖しやすくなる。

今はメディアで顔を売るのが仕事だろうに、自分の歯の調子も確かめられないほど、クスリの虜《とりこ》になっていたということだ。

「誰がクズだと、てめえ」

白鐘は、ヤクザのごとく巻き舌でうなった。

彼の声を無視し、ブルゾンのポケットに手を突っこんだ。十円玉を取り出すと、人差し指と親指でつまむ。

気合の声とともに、奥歯を噛《か》みしめて指に力を集中させた。十円玉がぐにゃりと二つに折れた。

白鐘は唖然《あぜん》とした顔つきで、銅の塊と化した十円玉と、肩で息をする有道を交互に見やる。

有道は、スコッチのグラスに十円玉を放りこんだ。

「あんたのシャブ抜きを手伝う有道了慈だ。どんなデカブツもツネって黙らせるプロだ。なんなら、力いっぱい暴れ回ってくれても構わないぜ」

隙をついて、白鐘の左手首を摑《つか》んだ。外側にひねって、彼の前腕を確かめる。

「なにしやがる」

「うるせえ」

有道は舌打ちした。前腕の内側には注射の痕があり、ひんぱんに打ち過ぎたせいか、赤黒いカサブタができている。

どっぷり覚せい剤に溺れていた証拠だ。炙《あぶ》りで愉しんでいたのならともかく、静脈注射までしていたとなれば、身体をクリーンにするには最低でも二週間はかかる。

『NAS』にはしばしばシャブ抜きの依頼が舞いこんでくる。うっかりクスリの味を覚えたアイドルや芸能人。親分がドラッグを憎悪しているのに、覚せい剤に手を出してしまったヤクザ。疲れをまぎらわせるために使っているうちに、自分をコントロールできなくなった会社経営者など。

シャブ抜きを手伝うには、それなりの腕力と度胸が求められる。禁断症状に陥った中毒者の、覚せい剤への渇望はすさまじいものがある。外に出るためなら、ごついテーブルを監視者に投げつけ、ソファを振り回し、あるいは失神したフリをして奇襲を仕かける。喧嘩師《けんかし》もまっ青の攻撃を放ち、あるいは知恵を絞りに絞って、脱走しようと試みる。

攻撃が通じなければ、自傷行為に走る。テーブルの角に頭を打ちつけ、破壊した液晶テレビの破片で自分の腹をブスブスと刺しまくる。クスリを得るためなら手段を選ばず、覚せい剤がもたらす魔力の恐ろしさをまざまざと見せつけられた。

摂取してきた時期が長く、量が多ければ、それだけ禁断症状もひどくなり、覚せい剤への渇望も強くなる。前腕の注射痕を見るかぎり、白鐘はかなりの重症者といえた。

「気安く触るな！」

白鐘が有道の手を振り払った。注射痕が恥ずかしいのか、左腕を後ろに回した。

「だいたい……大袈裟《おおげさ》なんだよ。あんなもんは止《や》めようと思えば、いつでも止められる。おれは〝不死鳥〟と呼ばれた男だ。靭帯だのアキレス腱《けん》がぶっち切れても、医者から匙《さじ》を投げられても、そのたびに球場に戻って打ちに打ちまくったんだ」

「そういや、少しは名の売れた野球選手だったんだっけな」

「お前……おれを知らないのか？」

白鐘は頰でもぶたれたような、切なげな表情を見せる。

「知らねえよ。注射を打ちに打ちまくったウドの大木しか」

「てめえ……」

「それと変な嘘《うそ》はつくんじゃねえ。うちみたいな会社を頼ってくるくらいだ。ちっとも止められねえうえに、女房子供に出てかれて、たっぷり野球で稼いだカネも、シャブやキメセク用の女に使っちまって土壇場なんだろうが。違うか？」

白鐘の頰が怒りで痙攣《けいれん》した。

ただし図星だったのか、ウイスキーグラスを握りしめたまま、黙って有道を睨《にら》むだけだった。

有道は彼の視線を黙って受け止めた。マネージャーの香予は、ドアの前に立ったまま、ふたりのやり取りをハラハラしながら見つめている。

　有道もまた嘘をついていた。白鐘のことならよく知っている。名古屋から東京の球団に移り、メジャーリーグではボストンとアリゾナのチームでプレイしたのも。毎年の本塁打数や打率も頭に染みついている。プロ五年目にシーズンＭＶＰに輝き、二十八歳のときに、民放テレビ局の美人アナウンサーと結婚し、ふたりの子供に恵まれたことも。

　有道もかつては高校球児だった。校内のワルと大喧嘩を繰り広げ、停学処分を喰《く》らい、野球部からも放逐された。自室で腐っていたころ、甲子園の夏空に天高くボールをかっ飛ばした白鐘の本塁打に心を奪われた。

　彼のプレイに魅了されたのは一度や二度ではない。有道は二十代後半から焼肉チェーンを経営している。食中毒を起こしたのがきっかけで、売上は急速に悪化し、不眠不休で金策に駆けずりまわることになった。そのころも、ケガから復帰した白鐘の存在が頭にあった。

　しかし、重度のシャブ中を相手にするからには、妙な情けはミスにつながる。鬼に徹しなければ、白鐘のためにもならない。

　有道は、テーブル上の酒瓶を取り上げた。すべてのボトルを両腕で抱えた。白鐘が血相を変える。

「お、おい！　おれが抜くのはクスリのほうだぞ」

無視してキッチンへと運んだ。

酒瓶を逆さに振って、中身をドボドボと流しに捨てた。白鐘は立ち上がると、我慢ならないとばかりに肩をいからせ、有道の後を追ってくる。

「何様のつもりだ！」

「お前こそ身のほどを知れ」

スコッチのボトルを、システムキッチンのカウンターの角に叩きつけた。派手な音が鳴り、ボトルの欠片《かけら》が散乱する。即席の刃物と化したボトルを、白鐘の喉元に突きつける。

目を白黒させる彼に告げる。

「酒なんぞかっ喰らっていたら、肝臓が悲鳴をあげて、いつまで経《た》ってもシャブが抜けねえだろ。飲むのは水か栄養ドリンクにしろ。酒の代わりにメシを食え。食欲なんかありゃしねえだろうが、無理にでも胃につめこんでもらうぞ。お前は自分だけじゃどうにもならねえ非力なシャブ中だ。おれ様に従ってもらう」

冷ややかに白鐘を見つめた。たとえ不死鳥であっても身体で教えるしかないと、腹をくくる。

覚悟が伝わったのか、白鐘は低くうなって引き下がった。寝室のドアを開けながら香予に毒づく。

「胸糞悪《むなくそわり》い野郎を連れてきやがって。もっとマシなやつはいなかったのか！」

「す、すみません」

香予は膝を震わせながら頭を下げた。白鐘は、ドアを叩きつけるように閉めた。

3

「ありがとうございます」

香予は掃除しながら有道に礼を言った。テーブル上の灰皿やグラスを片づけながら。

「なにがだ」

有道はキッチンの冷蔵庫や貯蔵庫を確かめた。

「機嫌をそこねて帰ってしまうんじゃないかと。じつは野宮社長からも、現場に案内するまで、有道さんには状況をあまり知らせないほうがいいと言われて……」

「いつものことだ。慣れてる」

白鐘なりにシャブ断ちする気はあったらしく、冷蔵庫には肉や魚、野菜が豊富に詰まっていた。

貯蔵庫には米やパスタ、中華めんも大量に備蓄されている。水だけでなく、ハイポトニックのスポーツ飲料や栄養ドリンクが、ダンボール単位で積まれてあった。

シャブ抜きのやり方自体はごく単純だ。弱った肝臓の機能を向上させるため、メシをたらふく食わせ、水分も摂らせて排泄《はいせつ》をさせる。食事はたんぱく質と炭水化物が中心だ。ぬるめの風呂に浸からせ、たっぷりと汗を掻《か》かせたら、ストレッチをさせて筋肉をほぐし、ひたすら眠らせる。それの繰り返しだ。理屈こそ簡単ではあるが、やり遂げるのは難しい。

香予はハンカチで目を拭《ぬぐ》った。

「白鐘《ボス》は不器用な人です。あんなふうに怒ってはいますが……内心では感謝していると思います」

「あんた、白鐘の女《コレ》か？」

有道は小指を立てた。香予は片づけの手を止めて苦笑する。

「まさか。白鐘《ボス》の好みは、モデルみたいなスレンダー美人です。六本木で遊ぶときも、指名するのは華奢《きやしや》な方ばかり。あ、これはオフレコですよ」

白鐘にばかり気を取られ、香予をじっくり観察する暇がなかった。

人気の女子アナだった白鐘の女房と比べると、香予は顔も雰囲気も地味で野暮ったく、胸こそ大きいものの、野球の捕手みたいにずんぐりとした体型をしていた。まだ三十だというのに、どこかおばさん臭い雰囲気を醸し出している。

彼女は恥ずかしそうにうつむいた。

「私が雇われたのは半年前です。頑丈そうだからという理由で。ちょっと前まではコーディネーターやプランナーなんて、よくわからない肩書きの取り巻きがいたんですけど、白鐘《ボス》の仕事が減って、お金が尽きかけてると知ると、みんな潮が引くように……」

「あんた、給料はちゃんともらってるのか」

「ここ二か月は……受け取ってません」

有道は首を横に振った。

「シャブ中相手に、カネもらわねえでよくやるな」

香予は涙で顔を濡《ぬ》らした。ちり紙で涙を拭いて洟《はな》をかむ。

「昔、柔道やってたんです。わりと本気で。大学でも頑張ってきたんですけど、半月板をやっちゃって。いくら診てもらってもダメで諦めかけたときに、テレビで白鐘《ボス》のリハビリの様子を見たんです。メジャーに移ってからも、やっぱり左膝を痛めてて」

「ボストンのころだな」

彼女はうなずいた。

白鐘は鳴り物入りで、ボストンの球団に移籍したが、一年目のシーズン直後に、古傷の左膝を痛め、地元紙やファンから激しくバッシングされている。

しかし、当の本人はケロリとしたもので、ケガでより大きくなれると楽観視。シリーズ前半戦こそ棒に振ったが、その後はホームランと二塁打を量産。ポストシーズンでも活躍し、メジャーでも〝不死鳥〟の仇名を定着させた。

「私も白鐘《ボス》に助けられたひとりです。治すのに半年以上はかかりましたが、おかげで大会にも出場できました。あのころの白鐘《ボス》を見てなかったら……」

「恩返しってわけか」

有道は意外そうに見やった。彼女も白鐘に救われた人間なのか。もっともそういう人間でなければ、シャブに溺れた落ち目の中年男の世話などしないだろう。

「有道さんが来てくださって頼もしいです。私も恐れてばかりいないで、今度こそ白鐘《ボス》を立ち直らせてみせます。ここなら、暴力団にも知られないでしょうし」

香予の前向きさとは正反対に、有道は顔を曇らせた。

「……暴力団？」

「覚せい剤を売っていた連中です。白鐘《ボス》からさんざんお金をふんだくったのに、まだツケがあると文句をつけてきて」

「じっさい、あるのか。ツケが」

「わかりません。売人とグルの闇金に、借金しているみたいで。とんでもなく暴利ですから、どれだけ膨れ上がってるのかさえ……」

「そんなことだろうと思ってはいたが」

有道は天を仰いだ。

綾子が持ちかける仕事だ。曰《いわ》くつきの仕事だろうと、腹はくくっていたつもりだった。だが、有道が考える以上に深刻かつ危険な任務だと理解した。自分の頭の鈍さを呪いながら。

「どこの組だ」

「それもわかっていません。白鐘《ボス》がケータイでやりとりして、周りにも知らせず、ひとりでどこかに行っては、受け渡しをしてたようです。ただ、最近は借金がかさんでいるせいか、事務所や自宅にヤクザみたいな連中がうろつきだして」

ため息をついた。このバンガローは、白鐘のタニマチが所有する別荘だという。ヤクザの情報網にかかれば、居場所などたちまち知られる。

つまり、今回の任務は、屈強な元野球選手のシャブ中の面倒を見るだけでなく、ヤクザのお相手もしなければならないということだ。

携帯端末を取り出し、綾子に応援を要請しようとした。しかし、ポケットにしまい直した。

あの女狐《めぎつね》に一杯喰わされたとはいえ、おれにやらせろと吠えた手前、彼女に泣きつくのはプライドが許さない。あの女も嫌味を口にするだけで、応援などよこしたりはしないだろう。

「あの、どうかしましたか」

香予が不安げに声をかけてきた。彼女の肩に手を置いて訊く。

「白鐘を立ち直らせるって言葉に嘘はねえな」

「は、はい……」

彼女は、有道の気迫に当惑しつつも、目を合わせてうなずいた。有道は室内を見渡した。

「立ち直らせる前に、守備につくほうが先だ。忙しくなるぞ」

4

白鐘がかん高い悲鳴をあげた。

「小野瀬！　掃除機だ、掃除機持って来い！」

有道はソファで仮眠を取っていたが、起きて寝室のドアを開けた。

「どうした」

すでに夏の朝日が顔を出していたが、窓は雨戸を閉めきっていた——外から針金で雨戸を縛り、なかから脱出できないように細工してある。室内はまっ暗だった。灯《あか》りをつける。

白鐘がベッドのうえでのたうち回っていた。ブリーフ一丁の姿で、身体中を掻きむしっている。全身が爪で傷つき、皮膚が裂けて血にまみれていた。シーツや布団が赤く染まっている。

「なにグズグズしてやがる！　なんてバンガローだ！　どこから入ってきやがった！　早くこの虫どもを吸い取れ！」

白鐘は唾を飛ばして吠えた。

身体中を掻くだけでなく、虫でも払うような仕草で、肉体やシーツを手で必死に払う。

禁断症状が本格的に始まったようだ。覚せい剤中毒者の多くは、クスリが切れることで、強烈なかゆみに襲われる。白鐘のような乱用者は、ウジ虫が皮膚の下を這《は》いまわっていると思いこみ、肌を削り取らんばかりに掻きむしる。ただの幻覚に過ぎないのだが、彼の目には本物にしか見えていない。

幻覚だけではなく、幻聴や被害妄想にも襲われ、家族や友人をも、自分に危害を加えようとする敵と見なすようになる。有道らにとって、もっとも危険な段階といえた。

「掃除機なんているか。目つむってじっと耐えてろ」

「小野瀬はどこ行ったって聞いてんだ！　やっぱりあの女も、カネ目当てで近づいただけの売女《ばいた》か！　どいつもこいつもナメやがって！　やってられるか！」

白鐘はまっ赤な目で有道を凝視した。飢えた野犬みたいに、口の周りをヨダレで汚している。

ヒーローの凋落《ちょうらく》ぶりを嘆いている暇はなかった。白鐘はベッドから下りると、相撲の立ち合いのように、体当たりを仕かけてきた。ドラッグで身を持ち崩したとはいえ、大型の元野球選手だ。加減なく突っこんでくる姿は、怒り狂ったサイのようだ。

「どけ！」

諸手《もろて》突《づ》きで突進してくる白鐘を、有道はスレスレのところでかわした。

床に倒れこみながらローキックを繰り出し、彼の古傷である左膝を蹴る。足の甲が痺《しび》れるほどの手応えがあった。

白鐘は苦痛のうめきを漏らし、寝室を転がり出てリビングの床に倒れた。左膝を押さえてわめく。

「どうだ。これでかゆみがまぎれるだろう」

スポーツバッグから手錠を取り出した。膝の痛みに苦しんでいる間に、両手を手錠で縛《いまし》める。

「てめえ！」

「おとなしくしてろ」

白鐘がわめくのを無視し、首根っこを掴むと、ベッドのうえに連れ戻した。

扉を閉じると、ドアノブに針金を巻きつけて、しばらく監禁状態に置くことにした。

「有道さん」

別室にいた香予に声をかけられた。同じく仮眠から目を覚ましたらしく、肩まである黒髪がボサボサに乱れている。

「あいつになにか料理を作ってやってくれ。好物はカレーだったな。肝臓に負担をかけるが、安定剤と睡眠薬を混ぜちまえ。やかましくてかなわん」

香予は外を指さした。

「怪しい車がこっちに」

有道は顔をしかめた。

反射的にポケットから携帯端末を取り出すと、画面をタッチしてアプリを起動させる。敷地周辺には、昨夜のうちに香予とふたりで、複数のトレイルカメラを設置してある。カメラの映像は携帯端末でチェックできた。

一台のシボレーが、確かに有道らのいるバンガローに近づいてきた。トラック並みにでかいSUVだ。未舗装の道路を走ると、断りもなくSUVはバンガローの敷地に入ってきた。敷地はBBQが楽しめるほどの広さがあり、SUVはさも当然とばかりに敷地の中央で停車した。

SUVからふたりの男が降りた。運転手は頭髪をツーブロックにしたワルそうな若者。もうひとりは、セカンドバッグ片手にダークスーツを着た小太りの中年だ。ふたりとも高級時計やアクセサリーをつけるなど、自分たちはアウトローだと全力で主張しているかのような恰好《かっこう》だ。

　香予が息を呑《の》んだ。

「この男たちです。闇金は」

「そりゃ好都合だ」

　ふたりの動きを携帯端末を通して観察した。

　シャブ抜きの仕事には徒労感がつきまとう。なぜなら、苦労して身体をクリーンにしても、八割の顧客はその後も再び覚せい剤に手を出し、けっきょく御用になるか、組織を追い出されるかのどちらかだ。酒もクスリも依存症になったからには、死ぬまで抗《あらが》わなければならない。何十年と断てたとしても、ちょっとしたきっかけで再び溺れ、元の木阿弥《もくあみ》と化す。有道ができるのは、せいぜい終わりなき戦いに向け、心と身体を整えさせて戦場へ送り出すことだ。

　だが、売人どもは白鐘のような上客を、そう簡単には手放したりはしない。この手のクズ野郎はいとも簡単に人の努力を台無しにする。

　白鐘には二度と手を出してほしくはない。そのためには、彼にたかる売人を割り出し、そいつと話をつけなければならない。

　有道は画面に目を落としながら尋ねた。

「白鐘はいつからやってたんだ。もしかして……現役のころからじゃねえのか」

香予は間を置いてから答えた。

「わかりません。私が雇われたのは半年前ですから。ただ……すでにあのころから生活は最悪でした。奥さんが家を出て行き、取り巻きの人たちも次々と離れていって」

ふいに涙がこみ上げてきた。

白鐘が現役のころから手を出していたとすれば、〝不死鳥〟と呼ばれた奇跡的な復帰も、見る者を感動させた豪快なホームランも、覚せい剤の力を借りていたことになる。彼の活躍に励まされ続けた者としては、胸に穴が開いたような悲しさが湧きあがる。

闇金たちは、バンガローにのしのしと近づいていたが、玄関前で煙のように姿を消した。昨夜作った落とし穴に嵌まってくれたのだ。

ふたりが大口を開けて落下していく姿は、お笑い芸人にも負けないリアクションではあったが、今の有道は笑う気になれなかった。

「嬢《ボス》ちゃんは白鐘を見てろ」

有道はキャップとマスクで顔を隠すと、スポーツバッグから自動拳銃を取り出して玄関を出た。男たちの怒号が耳に飛びこんでくる。

深さ約一メートル八十センチの穴には、泥まみれになった闇金たちが、憤怒《ふんぬ》の表情で有道を睨んでいる。

「なんだこりゃ！　誰だコラ！」「ふざけた真似《まね》しやがって！」

有道は自動拳銃を穴に向けて発砲した。弾丸はふたりの間を通過して土にめりこんだ。闇金たちは血相を変えて黙りこくる。

有道は穴のうえから見下ろした。

「静かにしねえと、お前らの頭にも穴こさえて埋めちまうぞ」

スーツの中年男が、喉をごくりと動かした。顔が急に青ざめる。

「……あの、すみませんが、どちら様ですか？」

「白鐘の代理人だ。本人があの状況だからな」

バンガローを顎で指した。白鐘はやはり〝虫〟と格闘しているらしく、叫び声をあげていた。中年男が汗を垂らす。

「お、おれたちは借金の取り立てに来ただけでして。こっちも東京からはるばる来た以上、利息ぐらい返してもらわないと」

「いくら貸してんだ」

「えーと……現在の時点で約二千万円です」

「元金は？」

若者と中年男は顔を見合わせて下を向いた。とんでもない暴利ですと、顔に書いてある。

有道はＳＵＶを撃った。銃声とともにタイヤが破裂する音が響き、しゅうしゅうとタイヤから空気が漏れ、SUVが斜めに傾く。ふたりにも、音でタイヤの破裂が伝わったようだ。身体を震わせる。

有道は怒気を放ちながら、自動拳銃の銃口をふたりに向けた。

「黙秘なんかしねえで念仏唱えろ。堆肥にしてやらあ」

ふたりはしゃがみこんで頭を抱えこんだ。中年男が叫ぶ。

「勘弁してください！　おれら使いで来ただけなんですから！」

「だったら、もっと偉いやつを呼べ。話《ナシ》つけられる兄貴だか親分だかを。あいつをシャブ漬けにした野郎だ」

「え、ええ？」

ふたりは、おそるおそる有道を見上げた。泣き笑いみたいな表情だ。殺されるのも嫌だが、それも勘弁とでも言いたげだ。

「早くしろ、バカ」

自動拳銃を連射した。ふたりとも慌てて携帯端末を取り出した。

5

『NAS』の対応は冷たかった。電話をかけても綾子は不在で、秘書の柴志郎《しばしろう》はといえば、相変わらず薄情だった。

〈うちの名前は出すな。暴力団《マルB》と揉《も》めるのは面倒だ〉

「てめえ、おれを見捨てるつもりか。お前みたいな雑魚《ざこ》じゃ話にならねえ。野宮を出せよ、どうせ居留守使ってんだろうが」

〈お前ごときに居留守など使うか。社長はお忙しい方だ。そんなちんけな揉め事に首を突っこむほど暇じゃない。自分でケツを拭け〉

柴は冷ややかに言い放つと、電話を一方的に切った。

「あ、ちくしょう!」

事態がややこしくなったため、しぶしぶ会社に伺いを立てたものの、思った以上にけんもほろろの回答だった。

携帯端末をテーブルに置くと、目の前のカレーライスを貪《むさぼ》るようにガツガツとやる。

昨夜から、トレイルカメラの取りつけだの、落とし穴作りだの、シャブ中の躾《しつけ》だのと、忙しく動き続けたためか、ひどく腹が減っていた。皿いっぱいに盛られていたが、またたく間に食べ尽くすと、香予におかわりを告げた。

「むかつくことばかりだが、このカレーはうめえな」

彼女は照れたように笑った。

「ありがとうございます。白鐘《ボス》が無類のカレー好きなので。市販のルーにココアパウダーと砕いたアーモンドを入れました。こうすると深いコクが生まれるんです」

「それでやっこさんは、その大好物を胃に収めたのか」

香予は悲しそうにうつむいた。

「突き返されました。『毒薬でも入れてるだろう』って。被害妄想がひどいみたいで」

「仕方ねえ。いずれ静かになって、メシにも手を出すようになる」

白鐘は寝室に閉じこめられ、しばらく絶叫していたが、叫びすぎて喉を痛めたのか、声は止んでいた。

ただし、クスリへの飢餓感が今も彼を突き動かし、時々ドアに激しく体当たりをした。バンガロー全体がグラつくほどの威力で、ドアがぶち破られてもおかしくない。じきに脳がくたびれ果てて、強烈な眠気に襲われるようになる。覚せい剤でずっとハイになっていた反動だ。それを待つしかない。

カレーライスを食いながら、携帯端末でトレイルカメラの映像をチェックした。落とし穴のなかにいる闇金どもは、とくに逃げようとはしない。有道の殺気に怯《おび》え、カメラで監視されているのも気づいている。応援がやって来るのをおとなしく待っていた。なかには屈強なシャブ中。外にはヤクザども。味方といえば素人の女しかおらず、会社はてめえひとりでなんとかしろと言い放った。四面楚歌《しめんそか》というべき状況で、ヤケ食いするにはぴったりのシチュエーションだ。二杯目のカレーライスを胃に流しこむ。

「あんたもしっかり食っておけ。一緒にヤクザどもと睨みあってもらう必要があるからな。後で拳銃の撃ち方も教える」

香予は目を白黒させた。

「わ、私がですか？」

「そうだよ。ちょうど二丁持ってきてる」

「……やっぱり、流血沙汰になるようなことに」

「なるべく殺《や》りたくはねえんだが、会社は相変わらず血も涙もないんでな」

腰からリボルバーを抜き、テーブルのうえに置いた。弾薬がすでに装塡済みと伝えると、彼女は顔を強張《こわば》らせた。慎重に手に取る。

「野宮社長のことですから、きっとなにかプランをお持ちなんだと思います。有道さんのような優れた人材を、簡単に見捨てるとは」

「見捨てるんだよ、あの女は。楽観視は禁物だぜ。人を将棋の駒程度にしか考えちゃいねえよ。あいつが大切にするのはゼニだけだ」

野宮の意地の悪い笑みを思い出した。香予に疑問を投げかける。

「ゼニっていえば、よくおれを雇うカネを捻出できたもんだな。闇金から借金してたくせに。隠し財産でもあるのか」

「それは――」

有道は手で制した。携帯端末の画面に動きがあったからだ。

バンガローの前を走る私道のトレイルカメラが、イタリア製のセダンといかついミニバンを映し出した。闇金どものケツモチで、白鐘をシャブ漬けにした外道どもと思われた。有道の予想を超える早さで駆けつけてきた。

「あんたに銃を教える暇はなさそうだ。やばい場面になったら、適当に弾《はじ》いて逃げろ」

二杯目のカレーライスをかき込むと、有道は自動拳銃を握って玄関に向かった。

寝室のドアがけたたましい音を立てた。白鐘が体当たりをかましたらしい。天井から埃《ほこり》がパラパラと降ってくる。

白鐘がかすれた声で懇願した。

「有道さん……ここは虫だらけだ。頼む、ここから出してくれ。死んじまう。おれが死んだら、お前も責任を取らされるだろう」

彼の言葉を無視し、キャップとマスクで顔を隠して外へ出た。

バンガローの敷地も賑《にぎ》やかだった。斜めに傾いた米国製のＳＵＶの横に、赤いアルファロメオのセダンと黒のアルファードが停車した。

ふたつの車からぞろぞろと、闇金どもと似たようなワルい恰好の連中が降りた。落とし穴の闇金たちが元気を取り戻して騒ぎ出す。

「調子に乗りやがって！　てめえが埋まる番だ！」「身から出た錆《さび》だな、コラ！」

車から降り立ったのは八人。有道はトップを探した。

禿頭《とくとう》の中年男が、アルファロメオのリアドアを恭しく開けた。なかから出てきたのは、ゆるいパーマをかけた長髪の若者だ。赤い半袖シャツにスキニージーンズ。ヤクザ臭はせず、原宿あたりにいそうな洒落《しゃれ》た姿の小僧だった。

意外ではあったが、カタギとヤクザの境界線がなくなっている時代だ。血を好む野獣のくせに、巧みに草食系を装うヤー公も増えた。

小僧の横には、スーツを着たヤクザふたりがぴったり寄り添った。どちらも左脇に膨らみがあり、拳銃を携帯しているようだ。残りの連中にしても、刃物なり催涙スプレーなりで武装しているだろう。

有道は小僧に声をかけた。

「あんたか、大将は」

「はじめまして、代理人さん。上林隼人《かんばやしはやと》と言いまして、渋谷で『ウォールフラワー』という、小さな会社を営んでいま――」

「んな横文字はどうでもいい。どこの代紋のシャブ極道かって訊いてんだよ。親分さん」

有道の横柄な口ぶりに、ヤクザたちが殺気立った。ただし、上林は鼻で笑い、落とし穴やSUVのパンクしたタイヤを眺める。

「名乗ったら、うちとあなただけの問題じゃ済まなくなりますよ。あなたも拳銃《チャカ》振り回すくらいだ。同じ穴のムジナでしょう」

「おれはスジ者《もん》じゃねえよ。こいつは、おれとお前の問題だ」

「なんにしろ、白鐘さんという砂糖にたかる蟻《あり》には変わらない。そうでしょう？」

上林は長い髪を掻き上げた。

妙にナルシスティックな仕草で反吐《へど》が出そうになった。有道がもっとも嫌う優男風だ。スマートで商売上手で、懲役だの喧嘩だのは不器用な連中に任せ、極道社会のなかでうまく泳ぎ回るイタチ野郎だ。上林はそんな部類の男に見えた。

有道は自動拳銃を上林に向けた。スーツのヤクザたちが懐に手をやる。有道は吠える。

「動くんじゃねえ！」

当の上林は肩をすくめるだけだった。

「そうカッカしないで。華岡《はなおか》組系琢真会《たくしんかい》の傘下で、渋谷《ヤシブ》に一家を構えています。これでよござんすか、代理人さん」

心のなかで舌打ちをした。

華岡組は日本最大の暴力団で、琢真会は今の首領《ドン》の琢磨栄《たくまさかえ》組長の出身団体だ。この小僧は極道界の若きエリートらしい。

「ご丁寧な仁義をありがとよ。あいにく、こっちは名乗るほどの者《もん》じゃねえが、単刀直入に言うぜ。白鐘にはもうたかるほどの砂糖なんかねえ。お前らシャブ極道がみんな吸い上げちまったんだからな。もう、そろそろあいつにたかるのは止めてくれや」

ヤクザたちの怒号が一斉に返ってきた。「ナメやがって！」「どこの馬の骨だ！」「ガキの使いじゃねえんだぞ！」

天に向かってトリガーを引き、ヤクザたちを黙らせた。拳銃を抜こうとするヤクザらに、銃口を向けて動きを止める。

「不作法は承知のうえだ。もう一度言っておくぞ。今の白鐘なんざ逆さに振っても、鼻血も出ねえ。あれだけのシャブ中じゃ、バラしたところで内臓も使い物にならねえだろう。それとも欲の皮突っ張らせて、美人妻のところに取り立てに行くか？　恐喝で逮捕《パク》られるのがオチだぞ」

「ふざけた口利き――」

喚《わめ》こうとするヤクザたちに、銃口を突きつけて黙らせた。

もっとも、ヤクザらが納得するはずはなかった。いくら正論を述べても、拳銃を突きつけながらでは、ただの恫喝《どうかつ》に過ぎない。おまけに、素性も明かさぬ男の言葉など、いちいち聞いていたら、極道はメシの食い上げだ。

だが、上林はパチンと手を叩いた。

「しょうがないですね。代理人さんの気合に免じて、今回は引き上げましょう。借金もチャラでけっこうです」

「あん？」

「あなたの仰《おつしや》るとおり、ここらが潮時ってことですよ。白鐘さんには随分と儲《もう》けさせてもらいました。酒に女に、シャブや博奕《ばくち》。せっかくの上客を潰したんじゃ、もったいないですから。彼の身体をクリーンにして、立派な真人間にしてやってください」

上林はにっこり笑った。外道らしい屈託のない笑みだった。

「こいつ……」

上林は乱用者の実態を熟知していた。

有道らがいくら献身的なサポートをしても、白鐘に一生付き添って生きるわけではない。むしろシャブが抜けて、再び白鐘が芸能界や球界に復帰してくれたほうが、上林にとっては旨味《うまみ》があるのだ。

ヤクザらが穴に嵌まった闇金たちを救いだす。闇金らは泥だらけになりながらも、上林同様に勝ち誇った表情をしてみせた。

クソどもが。有道は自動拳銃の照門を睨んだ。いっそ、この利口ぶった小僧ども全員をぶっ殺して埋めちまうか。獰猛《どうもう》な怒りに駆られる。

しかし、それが無意味なのもわかっていた。上林がいなくなれば、別の誰かが白鐘にシャブを勧めるだけなのだ。

歯噛みしているときだった。バンガローに雷鳴のような音が轟《とどろ》いた。

「まさか」

そのまさかだった。白鐘がドアをぶち破ったらしい。後ろを振り向いたときは手遅れだった。

裸同然の白鐘が玄関から飛び出し、有道はタックルをもろに喰らった。車にはねられたような衝撃を受け、玄関の階段を転げ落ち、芝生の地面に倒れ伏す。肋骨が悲鳴を上げ、視界に火花が散る。

その隙をヤクザどもが見逃すわけがなかった。有道の手首を踏んで自動拳銃を取り上げると、彼を袋叩きにした。

「よくも、この野郎！」「くたばれ、バカ野郎！」

一ダースの手足が降ってきた。亀のように丸まって防御に徹するが多勢に無勢だ。内臓がひしゃげ、後頭部を打たれ、視界がぐらつく。

「いつものブツを！　パケひとつでいい！　お願いです！」

上林の足にすがりつく裸の白鐘が見えた。悲しいほどみっともないシャブ中だ。上林は彼の頬をぴしゃぴしゃと叩く。

「〝不死鳥〟などと言っても、しょせんこんなもんですよ。さて、代理人さん。おれにこんな山奥まで足運ばさせたうえに、拳銃《チャカ》まで向けた罪は重い。あなたの正体、じっくり聞かせてもらいます」

キャップを奪われ、有道は頭髪を摑まれた。ミニバンへと引きずられそうになるのを必死に抵抗する。

上林がジーンズからパケを取り出した。覚せい剤の粉末が入った小袋だ。白鐘が歓喜の叫びをあげる。

「こいつが欲しかったら、タニマチからもっとカネを引っ張れ。土下座してでもだ。いいな」

「もちろんです。だから」

白鐘の目は小袋に吸い寄せられていた。彼は何度もうなずき、小袋に手を伸ばす。

有道が吠えた。

「二十年前の甲子園！　あんたは二回戦でレフトスタンドにどでかいホームランを叩きこんだ！　おれは初めて〝不死鳥〟を見た！」

「早く乗りやがれ！」

ヤクザたちに髪を引っ張られ、頭や腹をさらに殴られた。だが、有道はさらに叫び続けた。

「八年前のポストシーズン！　ケガから復帰したあんたはフェンウェイ・パークで場外ホームランを打った！　今こうして生きてんのは〝不死鳥〟のおかげなんだ！」

「お前……」

白鐘の目は、覚せい剤ではなく有道のほうを向いた。

彼は上林に差し出した手を引っこめ、有道のほうへと駆け寄った。その顔は現役時代のときのように引き締まっている。

「その人を放してやってくれ。悪いのはみんなおれなんだ！」

白鐘は割って入り、有道をかばおうとした。

上林のツラから初めて余裕が消え失せる。下品に頬を歪《ゆが》め、ガラの悪い声で怒鳴る。

「なにを今さらカッコつけてんだ。こっちの筋書きどおりに、おとなしくシャブでも喰らってろ！」

ヤクザたちが、白鐘をも殴りつけようとしたときだった。乾いた銃声がし、その場にいた全員が動きを止めた。

「嬢ちゃん」「小野瀬」

有道と白鐘が同時に声をあげた。

玄関には、腕をまっすぐに伸ばし、威嚇射撃をする香予の姿があった。その撃ち方は素人ではない。目つきまでもが、カタギとは思えない鋭さを秘めていた。

彼女は上林の胸に銃口を向けた。

「売ってたのは上林組だったのね。上林隼人。あなたを覚せい剤所持と譲渡の現行犯で逮捕します」

有道ら男たちは、敵味方問わずに顔を見合わせた。

全員、鳩が豆鉄砲を喰らったような顔をした。だが、地味なミニバンが敷地に入ってくるのが見え、有道は事態を理解した。

6

「改めて紹介するわ。麻薬取締部《マトリ》の小野瀬香予さん。本名じゃないけど」

地味なミニバンから、なぜか捜査官とともに綾子が降り立った。揃《そろ》いのジャンパーを着た捜査官らが、上林やヤクザに次々と手錠をかけた。

逮捕されたのはヤクザだけではない。白鐘もだった。

「アウトローや警察《ポリ》だけでなく、ヤリマンみたいに誰とでもつるむんだな」

有道はうなった。

綾子と香予には鉄拳を見舞いたかったが、ヤクザにボコられたダメージが大きく、立っているのがやっとだった。おまけに香予にはトドメを刺された。まさか彼女まで嘘をついていたとは。臆病な一般人を装っていたのだ。

「そうね。香予さんとはラブラブな関係かも。うちはクスリを扱わないから、麻薬取締部《マトリ》と対立する理由なんてないし」

綾子はケロリと答えた。香予はせつなげな顔で告げた。

「申し訳ありません、有道さん。あなたの活躍のおかげで――」

「うるさい、黙れ。すみやかに目の前から消えてくれ」

香予を名乗るこの捜査官は、身分を偽ってシャブ漬けの白鐘に近寄った。彼を泳がせることで密売人の正体を割り出そうとし、見事に釣り上げることに成功した。白鐘の大ファンである有道も利用して。

彼女は有道に深々と頭を下げた。

「柔道の話をしましたよね。あれは本当です。〝不死鳥〟に救われて、今の私がある。だからこそ、売人をどうしても捕えたかった」

「能書きはいい」

有道は手を振って追い払った。

香予のやり方は正しい。頭では理解できた。いくら有道がシャブ抜きを手伝っても、また上林のカモにされるのは目に見えていた。覚せい剤と手を切るには、まず売人が逮捕されなければ話にならない。失う物も大きいが、白鐘ほどの乱用者がこれからも生きるためには、しかるべき過程を経て、治療を受けるしかないと。ただ、嘘をつかれたショックは大きかった。

衣服を着せられた白鐘が、麻薬取締部のミニバンに乗せられようとしていた。

有道と目が合った。彼をかばったときとは違い、弱々しい顔つきだった。〝不死鳥〟だったのは一瞬だけで、また脆《もろ》い薬物依存症者の表情に戻っている。

有道は思い切って、ミニバンに乗ろうとする香予に声をかけた。

「おれたちの〝不死鳥〟を蘇《よみがえ》らせてくれ!」

香予は驚いたように目を見開いた。

彼女は深くうなずくと、バットを振るフリをしてみせた。それは白鐘のバッティングフォームとそっくりだった。綾子が言う。

「彼女になら任せられる。優秀だもの」

「うるせえよ」

ひどく苦い任務ではあったが、報われたような気がした。

Ⅱ　アズ・タイム・ゴーズ・バイ

1

柴志郎は、ハンドルを握りながら前方を注視した。

赤坂サカス近くの小さな公道だ。昼間は多くの会社員や観光客がうろつくが、深夜一時過ぎともなると、人気《ひとけ》はほとんどなくなる。見えるのは監視対象者が乗る超高級車のベントレーフライングスパーだけだった。

助手席の有道が、顎でベントレーを指した。

「ほれ、行けよ。絶好のチャンスだぞ」

「まだだ。でかい護衛がついてるのを見てなかったのか？　監視対象者《マルタイ》がひとりになるのを待て」

有道は鼻でせせら笑った。

「声が震えてるぜ。お前もあのヤクザと同じで、とんだ芋引き野郎だな」

「黙れ。単細胞」

柴は吐き捨てるように言った。昨日から虫の居所が悪い。

ふたりは人材派遣会社『NASヒューマンサービス』の社員であり、同社が抱えている人材は腕自慢や鼻の利く人間たちである。

柴も警視庁の元刑事ではあるが、本来は社長の野宮綾子の秘書として、彼女のスケジュール管理、来客の接遇や運転手を務めている。綾子の傍《そば》で働けるのを誇りとしているだけに、現場仕事を言いつけられるたび、心が深く沈んでいくのだった。ましてや犬猿の仲であるグウタラ社員の有道と組まされるとなれば、なおさらだ。

有道はわざとらしくアクビをした。

「さくっとやっちまおう。おれは家に帰りたいんだ。お前だって、早く綾子社長様のもとに戻って、あの女の靴をぺろぺろ舐《な》めたくて仕方ねえだろう」

「貴様……」

柴は横を向いて睨みつけた。有道は悪戯《いたずら》小僧のように、柴を指さして笑う。

「おれを睨んでる場合じゃねえだろ。監視対象者《マルタイ》との距離が開いてるぜ」

「護衛はお前がなんとかするんだぞ」

「あん？」

柴は目出し帽をかぶると、ハイエースのアクセルを踏みこんだ。

エンジンがうなり、一転して速度があがり、ベントレーとの距離がみるみる縮まる。

ベントレーの後部に追突した。ぶつかる寸前にサイドブレーキをかけたが、思ったよりも衝撃は大きい。車同士がぶつかる硬い音がし、エアバッグが作動した。

膨らんだエアバッグが顔に当たり、ボクシンググローブで殴られたような痛みが走った。目がチカチカする。

助手席に目をやると、やはりエアバッグに顔を打たれた有道が目を白黒させていた。エアバッグの重炭酸ナトリウムの粉で、車内はまっ白に染まり、視界がひどく濁る。

「バカか……もっと丁寧にやれねえのかよ」

激しく咳《せ》きこむ有道の肩を突いた。

「さくっとやろうと言ったのは、どこのどいつだ。グズグズしてる暇はないぞ」

「クソ、もろに粉が気管に入ったじゃねえか」

ぶつくさと文句の多い有道は、『ＮＡＳ』きっての不良社員だ。

ただし、バカとハサミは使いようというやつで、社長の野宮がうまく飼い慣らしているからこそ、こんな単細胞でも役に立つ。それに、暴力のエキスパートなのは間違いなかった。

彼は咳きこみながら目出し帽をかぶり、仕事の準備を始めた。

「ほれ、早く行け」

柴はベントレーを指さした。

ベントレーの運転席から、身長二メートル近くの巨漢がでてきた。特注サイズのダークスーツを着用し、まっ黒な顎髭《あごひげ》をたくわえている。そのくせ眉はきわめて薄く、悪役レスラーのような凶相の持ち主だ。かつては力士だったらしく、掌《てのひら》は野球のグローブみたいに大きい。

「こらぁ！　どこに目つけてんだ、ドアホ！」

巨漢は、ただでさえ恐ろしい顔つきだったが、柴らを憎々しげに睨みつけてきた。気の弱い人間なら、小便を漏らしかねない。

「粉が目にも入った。たまんねえな」

有道はぼやきながらハイエースを降りた。

彼はすばやく駆けつつ、腰から特殊警棒を抜いた。ひと振りして、特殊警棒を伸ばす。

巨漢は、目出し帽の男の登場に、顔を凍《い》てつかせた。駆け寄る有道に向けて、右フックのような張り手を繰り出す――首がもぎ取られそうな力強さを感じさせる。しかし、有道は膝をかがめ、張り手の下をかい潜《くぐ》り、向こう脛《ずね》に特殊警棒を叩きつけた。

巨漢は悲鳴をあげ、身体をぐらつかせた。あとは有道の独壇場だった。巨漢は分厚い脂肪の鎧《よろい》をまとっていたが、有道は鎖骨や肘、それに膝の関節など、骨が突き出たところを小突きまわし、最後は顎に膝蹴りを見舞った。

柴が続いて車を降りたとき、巨漢は路上で亀のように丸まり、戦意をすっかり失っていた。

柴はベントレーに近づいて、腰からリボルバーを抜いた。後ろのドアを開ける。

「な、なんだ、てめえら！」

後部座席には、お目当てである島田滋《しまだしげる》が乗っていた。

運転手の巨漢ほどではないにしろ、ダブルのスーツを着た大男だ。携帯端末を手にしており、電話でもかけようとしていたのか、液晶画面はライトが灯《とも》っており、島田のたるんだ顎を照らしている。

「通話はお控え願いたい」

柴は、島田の眉間にリボルバーの銃口を向けた。

撃鉄を起こし、シリンダーを回転させる。相手はヤクザの組長だ。リボルバーが本物だとわかったのか、喉をごくりと動かした。

柴は携帯端末を奪い取り、通話状態の電話を切った。通話先は島田の組事務所だった。

「てめえら……どこの者《もん》だ」

柴は返答をする代わりに、島田のネクタイを引っ張った。

彼をベントレーから引きずり下ろした。質疑応答の時間はない。島田は、関東の広域暴力団の印旛会《いんばかい》系八田組《はったぐみ》の最高幹部だ。自身も島田興業なる組織を率い、赤坂や六本木でシノいでいる。要するに、このあたりは島田のホームタウンだ。異変を察知した手下らが、駆けつけてきたら厄介なことになる。

「こんな真似して、タダで済むと思っててんのかあ！」

島田はよろつきながら叫んだ。周りに助けを求めるかのように。ヤクザだけあって、声はじつにやかましく、遠くにいるカップルが足を止めていた。

「なんとか言ったら――」

島田はなおも叫ぼうとしたが、短いうめき声をあげて、ガクリと膝をついた。

有道が、後ろから島田の股間を握って黙らせていた。彼は島田のベルトを掴み、ハイエースへと押しこむ。

柴はバックドアを開けて、積んでいたカバンのなかから、ビデオカメラを取り出した。目出し帽の下半分だけめくり、柴らを見ているカップルに笑いかけた。

「すみません、映画のリハーサルでして。お騒がせして申し訳ありません」

カップルは訝《いぶか》しげな顔をしたままだったが、再び歩き出して現場から立ち去った。

柴は有道にカバンを手渡した。なかにはビデオカメラだけではなく、手錠やスタンガンが入っている。

ハイエースの運転席に陣取って、再びハンドルを握り、アクセルを踏んだ。路上に倒れている巨漢の横を通り過ぎ、赤坂通りに出ると、南西の乃木坂《のぎざか》方面へと走った。

バックミラーに目をやった。島田の横には有道がつき、後ろ手に手錠をかけて、島田の身柄を拘束《こうそく》した。

島田は涙声で言った。

「お前ら……テリに頼まれたんだろう。あの淫売ババア……なに考えてやがんだ」

柴も有道も無視した。

有道は、島田の頭にショッピングバッグをかぶせて視界をさえぎった。

島田の警戒心はきわめて甘いと言わざるを得ないが、こんな時代でも羽振りよくやっているだけあって、頭の回転は速いらしい。柴らの依頼主を正確に言い当てていた。

2

「いっそ、あんたのところでケツ持ってくれない？」

パク・テリは、メンソールタバコの煙を吐いた。社長の野宮は答えたものだった。

「あいにく、うちはヤクザじゃないもの。あなたのところの収益《アガリ》には興味津々だけど」

テリは社長室のソファにもたれて天を仰いだ。

「とにかく今のケツモチはもうダメ。タマナシすぎて。偉そうなことほざくばかりで、肝心なときに手を打たないんだもの。顔だけいかついくせに、キンタマはどこかに落としてきたみたい」

「おかんむりね」

「クソの役にも立たないクズ野郎どもが、偉そうにベントレーなんか乗り回して、むかつくことこのうえないわ。あいつらの女房子供を売春窟に売り飛ばして、みかじめ料を取り戻したいくらい」

テリは相変わらず美しく、スタイルはモデルのように整っていた。

そのかわり、口はきわめて悪い。野宮も上品とは言いかねる言葉を吐くが、知らない人間が耳にすれば、外見と発言の落差に目を剝くだろう。

彼女はシルクのシャツに、純白のチェスターコートをまとっており、清潔感にあふれたファッションを着こなしていた。すでに五十近くの年齢になるはずだが、薄気味悪いほど肌が若々しく、三十代の野宮と年齢差を感じさせなかった。

テリは赤坂の顔役のひとりだ。複数の韓国クラブを経営する傍ら、高級コールガールの元締めとして、美しい夜の蝶《ちょう》を無数に飼っている。

赤坂という土地柄、国会議員の宿舎や議員会館にも近く、代議士に便宜を図ってもらうため、多くの企業や団体が、テリの店の美女を利用している。

裏の商売であるため、当然ながら税金もかからず、濡れ手で粟《あわ》だと、野宮は日ごろからテリを羨《うらや》んでいる。もっとも、テリによればパパラッチ対策のために、マスコミ関係者を味方に抱きこんだり、顧客のなかにはサディストや変態が少なからずいるため、トラブル対策のため、経費もバカにならないとぼやいているが。

そのトラブル対策として、テリは島田を頼ってきたが、ヤクザに借りを作りすぎれば、高すぎる代償を払わなければならない。そのため、彼女はしばしば『NAS』に依頼を持ちかけるときもある。野宮にとって、テリは上客であると同時に旧友でもあった。

野宮は不思議そうに首を傾《かし》げた。

「だけど、テリ姐《ねえ》さんがいるところで、堂々と商売するなんて……端的に言って、そいつ大バカね」

「ひさびさに腹が立ったわ。顔に精液をぶっかけられたような最低な気分。だから、あの成金ぶったヤー公に、二度と愚かな起業家精神を起こさせないよう痛めつけてと頼んだんだけど」

テリは再びメンソールタバコをくわえた。表情こそ涼やかだったが、言葉に嘘はないらしい。長かったタバコがみるみる灰になっていき、彼女は大量の煙を吐いた。

約三か月前、テリや島田が睨みを利かす赤坂の地で、断りも入れずにコールガールの派遣業を行う不届き者が現れた。

南青山でモデル事務所を経営している男で、名を庄司康太《しょうじこうた》という。モデル業と称して女から登録料をだまし取り、あるいはアダルトビデオに出演を強要させるなど、複数の前科を持っている闇紳士だ。

庄司は児童買春で逮捕された経歴があり、派遣するコールガールのなかには現役女子高生や、それ以下の年齢の少女もいるという。

テーブルには、庄司の顔写真が置かれていたが、テリは顔写真を灰皿に捨てると、忌々しそうに吸い殻を押しつけた。小麦色に焼いた肌と、ホストのように長く伸ばした頭髪。軽薄そうなナンパ師みたいな男だ。

柴は野宮の傍で、女傑たちのやり取りを黙って聞いていたが、ここで口を開いた。

「経歴をざっと見たかぎり、この男にヤクザを黙らせるほどの力があるとは思えませんね」

テリは、焦げついた顔写真を冷ややかに見下ろした。

「そりゃそうよ。この汁男優はただの雇われ。バックによほどの有力者が控えてるってことね」

「ふうむ」

柴は顎に手をやって考えた。

赤坂や六本木はただの繁華街ではない。永田町とも近く、大国の大使館もあって、政治家や外交官ともコネができる特別な土地だ。暴力団が衰退の時代を迎えているなかで、印旛会が存続できているのも、首都東京の要所を牛耳《ぎゅうじ》っているからだ。

その赤坂界隈を根城にする八田組は、印旛会内で大きな影響力を持つ有力組織だった。彼らの縄張りで勝手に商売をすれば、ただで済むはずはない。しかし、庄司は大きな顔をして管理売春に励んでいるという。

赤坂署組対課には、公安刑事時代の相棒が今も勤務している。柴は提案した。

「赤坂署には昔の仲間がいます。そちらから事情を訊いてみましょうか」

野宮が顔をあげ、彼を見やった。

「だったら、ちょうどいいわ。今回はあなたにやってもらう」

「え？」

柴は思わず身体をよろめかせた。

『ＮＡＳ』は、元探偵や元警官を少なからず飼っている。とはいえ、自分に仕事を振られるとは。とんだ藪蛇《やぶへび》だった。

野宮は屈託のない笑顔を向けた。

「今回の件、なんか危うい香りがするの。そこいらの探偵崩れには、ちょっと任せられそうもないし」

「しかし……秘書の私が調査を担当するとなると、社長にご負担をかけることに」

「負担になる前に、慎重かつ迅速に解決してね。まずは赤坂の芋引きヤクザから当たってみて。荒事になりそうだから、有道もつけるわ。うちの最強コンビで臨みましょう」

テリが微笑《ほほえ》んだ。

「柴さん、私のほうからもお願いするわ。ロリコン野郎の息の根を止めてちょうだい。

特別ボーナスとして、うちのナンバー1を抱かせるから」

「…………」

柴の心に暗雲が立ち込めていた。

3

〝折檻《せっかん》部屋〟につくと、柴は島田を引っ張り、パイプ椅子に座らせた。

『NAS』が所有している倉庫で、なかには原付や中型バイク、ドローン、偵察用のゴムボートといった商売道具が保管されている。外は残暑がきつかったが、倉庫内はひんやりとしている。オイルと潮の臭いがした。

「いいか、おれに指一本触れてみろ！　お前らサンピン、生きたままバラバラに解体してやる！　テリのババアも手足切り落として、ダルマにしたうえで変態に売り飛ばしてやる！」

有道は工具箱を床へ乱暴に置いた。ガチャリと金属的な音がし、島田の身体がびくっと反応した。

「でかい顔した親分さんのわりには、ちんけな脅し文句しか吐けねえんだな。もっと映画やプロレスでも見て、勉強したほうがいい」

有道は工具箱からニッパーを取り出し、島田の耳元でカチカチ鳴らした。「だいたい、女衒《ぜげん》一匹追い出せねえヤクザが、いくら喚いたところで、ちっとも心に響きゃしねえ。ダルマになるのはてめえだ」

「やれんのかよ、このスイーツ野郎。さっきから甘ったるい匂いさせやがって。ケーキでも食ってたんだろうが」

「なにぃ」

「おれは鼻が利くんだ。息が生クリーム臭えんだよ。おれじゃなく、女子供みてえにケーキでもいじくってろ」

柴は顎に力をこめて、噴きだしそうになるのをこらえた。

下戸の有道は甘いものに目がない。肉体の訓練を怠りはしないが、その分、多くのカロリーを摂取する。大メシ喰らいでもあるが、胸やけしそうな洋菓子をいくつも食べる。

「こいつ……」

有道はニッパーを持った手を振り上げた。柴は、殴りかかろうとする彼を止め、耳打ちをした。

「バカ。心にしっかり響いてるじゃないか。お前は下がってろ」

有道は呪詛《じゅそ》を吐きながらも、素直に後ろに下がった。暴れん坊の単細胞だが、拷問を好んでやるようなタイプではない。

「どうすんだよ」

　有道を無視し、島田の頭にかぶさっているショッピングバッグを取り去った。島田が、目出し帽をかぶったふたりを睨みつけてくる。ただし、顔は滝のような汗でびしょ濡れだ。

「いいか、チンピラども。ツラなんか隠したところで無駄だ。蛇の目の者《もん》をさらったツケはでけえぞ」

　蛇の目とは印旛会の代紋を指す。柴は相槌《あいづち》を打った。

「蛇の目はもちろん、あんたの実力もよくわかってる。拳銃《チャカ》持って、あんたを束縛してはいるが、危うい立場にいるのはおれたちのほうだ」

　島田は床に唾を吐いて笑った。

「少しは物事を理解できるようだな。魚のエサにされたくなかったら、今すぐ手錠を外せ」

「完全に理解したわけじゃない。その印旛会きっての実力者が、女衒一匹をなぜ追い出せない。あんたの庭で好き勝手に商売してるじゃないか」

　島田は手錠の鎖を鳴らした。

「お前ら覆面野郎に教えてやる義理はねえ。スイーツ野郎、おれの股間のアイスキャンディーを舐めりゃ、考えてやってもいいぞ」

「コラ、なに調子に乗って——」

有道が突っかかろうとする前に、柴はリボルバーのトリガーを引いた。

倉庫内に発砲音が轟き、有道と島田は身体を震わせた。倉庫は青海《あおみ》の流通団地にあり、夜中はほとんど人がいない。

発砲にひるむ島田に語りかけた。

「ここまでやらかした以上、こっちも前に進むしかないんだ。あんまりビビらせないでくれ。臆病者はなにをやらかすか、わからないぞ」

銃口を向けて改めて尋ねた。島田の頬がひきつる。

「庄司のケツを持ってるのは、あんたじゃないんだな」

「……ああ」

島田はふて腐れた表情でうなずいた。

「だったら、取引をしよう」

「なんのだ」

「おれたちも島田さんも、あの庄司という女衒に手を焼かされている。あの女衒の背後にいるのは、あんたよりも座布団が上の親分さんか、それとも関西系か。どのみち、おれたちはヤクザの力学なんか知ったことじゃない。ケツモチが誰であろうと、庄司にはビジネスから手を引いてもらう。あんたの縄張りは元通りだ。悪くないだろう」

島田は大口を開けて笑い出した。柴はうなる。

「なにがおかしい」

「サクラの代紋が相手でもやるってのかよ」

「警察だと？」

「庄司のバックにいるのは、地元赤坂署の組対課《マルボウ》だ」

柴は島田の首を摑んだ。

「まさか……桐原《きりはら》さんまで関わっているのか」

「おい……止めろ。苦しい」

「どうなんだ！」

有道に後ろから引きはがされた。

「お、おい。死んじまうぞ」

島田はひどく咳きこんだ。

手に力が入り過ぎたせいか、島田の首をきつく締め上げていた。顔が葡萄色《ぶどういろ》に変わっている。有道が割って入らなければ、絞め殺していたかもしれない。

有道に尋ねられた。

「桐原って誰だ」

「うるさい」

有道を振り払った。まさか島田がいる前で、桐原との関係を話せるはずもない。リボルバーを島田の眉間に押しつけた。

「どうなんだ！　言え！」

「なんだ。てめえも刑事《デカ》か」

撃鉄を起こして、トリガーに指をかけた。殺気が伝わったのか、島田は身体を震わせた。

「関わっているもなにも……課長の右腕となって仕切ってるのが桐原だ。庄司からカスリを取ってんのは、極道なんかじゃねえ。警官どもなんだよ」

柴は島田を直視していた。しかし脳裏には、相棒で友人でもある桐原の生真面目《きまじめ》な顔が浮かんでいた。

4

「桐原さん、洗ってみましたよ」

深川《ふかがわ》署の羽佐間《はざま》はアワビのステーキを口に運んだ。唇が肉と魚の脂でギトギトに光っている。

柴はウーロン茶をひと口飲んでから、Ａ４サイズの封筒のなかを見た。なかには桐原に関する調査報告書が入っていた。すばやく目を走らせた。

ここ最近の桐原は、赤坂署管内の地下賭博場に対する内偵を進めていたらしく、近隣のマンションの一室から地下賭博場を監視していた。

彼は職場と見張り場を行ったり来たりする日々で、妻が下着を差し入れに持ってきていた。調査報告書には、何枚かの写真が添付されてあったが、勤務中と思《おぼ》しき桐原の姿を写したものばかりで、相変わらず仕事の虫だったらしい。

六年ぶりに見る桐原は、頭髪が薄くなってはいるものの、相変わらず精力的な印象を受けた。額には哲学者のようなシワが刻まれ、法の番人らしい厳《いかめ》しさを感じさせる。

一方の羽佐間はといえば、浦安《うらやす》の割烹《かっぽう》で刺身の大皿や高級和牛の陶板焼きに舌鼓を打っていた。相変わらずの腐れっぷりだ。柴は彼に五十万円を渡している。おそらく、この後はどこかの歓楽街で豪遊する気だろう。

「昔の仲間洗って、どうするんすか」

上目遣いになって羽佐間を睨んだ。あれこれ詮索するなと前にも言っただろう――視線で警告する。

羽佐間が咳払いをした。

「すんません。桐原さんといったら、柴さんの命の恩人じゃないですか。気になって、うっかり――」

「洗ってみたが、不審なところはなにもなかった。そういうことだな？」

「おおむね」

「おおむねとは？」

羽佐間は頭をボリボリ掻いた。

「苦労しましたよ。なにしろ、監視対象者《マルタイ》は現役の警官なんですから。しかも桐原さんは優秀だ。背中にまで目がついてそうな、勘のいい刑事でもありますからね」

柴はため息をつき、財布から十万円の束を五つ取り出して、テーブルに放った。羽佐間は白い歯を覗《のぞ》かせて、万札の束を懐にしまう。

「おおむね、真面目に仕事をこなしていたんですがね。たまに息抜きをするときもあったんです。そこいらのチェーン居酒屋の安酒じゃなく、部下とタクシー飛ばして虎ノ門の高級ホテルのバーで乾杯ですわ。スコッチ一杯三千円はする高級酒を飲んで」

「なんだと」

羽佐間は、慌てるなと言わんばかりに掌を向けた。

「休憩も署の仮眠室じゃなく、同ホテルの十一階にあるダブルルームにそれぞれご宿泊。あまりにゴージャスな過ごし方をするんで、驚いていたらですね、十分もしないうちに若い女がふたりやって来て、やはりエレベーターの十一階まで昇っていきました」

羽佐間は、新たな封筒を渡してきた。写真が何枚か入っていた。ロビーの椅子から盗撮したらしく、ローアングルで撮られた女性ふたりが写っている。

柴は目をこらした。ノースリーブのニットにロングスカート。もうひとりは白いレースカットソーと、どちらも清楚《せいそ》で落ち着いた恰好だ。やけに大人びて見えるが……。

「女子高生《JK》でしたよ。どちらも千代田区の高校に通う」

羽佐間は大吟醸を一気に呑んだ。

柴は写真の裏を見やった。羽佐間は女たちまで調べたらしく、通っている高校名と名前が記されてある。救いようのない悪徳警官ではあるが、調査力はやはり大したものだった。受け入れがたい事実を突きつけられ、目まいさえ覚えそうになる。

羽佐間は酒臭い息を吐いた。

「なにかの間違いだと思いたいですよ。あの堅物の桐《きり》原さんまでが、ワルに染まっちまったら、警視庁《カイシャ》はホントにどうなっちまうのか」

「すまなかったな」

柴は封筒をカバンにしまって立ち上がった。怒りで頭が熱くなり、再び自分を見失いそうになる。その上カッとなり、目の前にいる男に八つ当たりしかねない。ひとりになりたかった。

「また、よろしくお願いしますよ。先輩」

羽佐間の声を後ろに浴びて店を出た。

近くのコインパーキングに停《と》めていたセダンに乗ってハンドルを握った。都内へと戻る道中、桐原と組んでいた公安総務課時代を思い出していた。羽佐間が言うとおり、桐原には命を救われた過去がある。

柴がいた公安総務課は、公安部内の庶務や連絡調整を行う一方、共産党や市民団体の監視から、クーデター対策として自衛隊の動きをもチェックしていた。

柴らが見張っていたのは、東村山市に拠点を置く〝日輪飛翔《にちりんひしょう》の会〟なるカルト宗教団体だった。強引な勧誘とマインドコントロールで信者を獲得し、子供には系列の幼稚園で虐待に近いスパルタ教育を行い、信者には霊感商法で資金を吸い上げる。出家信者には奉仕という形で、自前の農園や養鶏場で奴隷労働を課しており、教団施設内で自殺や自傷行為がいくつも発生していた。

教祖の富家日照《とみいえにっしょう》は、伝統文化の保護を目的に、離島や山奥の私有地で大麻栽培に励んでいるとの情報もあり、とくに自衛隊員や警察官の信者獲得に熱心とも言われていた。

富家は年々、誇大妄想が悪化しており、中国や北朝鮮からの脅威に対抗するため、武力で国会議事堂を占拠し、教団とつながりのある極右政治家を首相に擁立しようと、ロシアから自動小銃や擲弾《てきだん》発射機を大量に輸入したとの情報も入っていた。

柴は、富家の親衛隊のひとりと接触した。その隊員は、逃亡を図った出家信者を幾人も捕縛し、激しい暴行を加えてきた。その罪を悔やみ、柴のスパイとなって情報を提供していた。彼からは、富家の命を受けてテロ計画が着々と進行しているとの報告を受けた。

柴は、その隊員から新たな情報提供者を紹介された。教祖の愛人のひとりだと言われ、小平市にある公園に案内された。しかし、待ち受けていたのは、愛人などではなく、屈強な教団の私兵集団だった。

隊員は二重スパイだった。柴と通じるフリをしながら、教団側に彼を売ったのだ。柴は逃走を図るも、私兵集団に捕えられ、同市にある農園の納屋に監禁された。

今でも、あのときのことを思い出すと吐き気を催す。『NAS』に来てからも、何度か危険な目には遭っているが、教団側にはサクラの代紋など一切通じず、武装蜂起を阻む「秘密警察の犬」として、激しい拷問を受けた。

土のついたスコップや鋤《すき》で頭を殴打され、草刈り鎌や竹べらを爪の間に挿《さ》しこまれた。鍋で沸かした熱湯を身体に浴びせられてもいる。

拷問によって折れた歯や肋骨の治療、火傷《やけど》によって壊死《えし》した皮膚の移植手術、その後のPTSDによる不眠やフラッシュバック……回復するまで一年もの月日を費やした。もっとも、桐原が助けに入ってくれなければ、農園のゴミ捨て場にでも埋められていただろうが。

柴と連絡が取れなくなったのを不審に思った桐原は、農園で作業をしている情報提供者から、納屋に柴が監禁されたとの情報を入手。所轄署に応援を要請すると同時に、拳銃一丁を携え、私兵集団がうろつく農園に突入した……。

首都高速を運転中に、当時の記憶が蘇ったため、危うくカーブでハンドルを切り損ねそうになった。ブレーキを踏んで減速をする。

歯茎がうずいた。前歯の二本はインプラントの人工歯だ。ハンマーで歯をへし折られたのだ。

教団に拉致されたのは晩秋だったが、暖房器具のない納屋で、かけられた熱湯は冷水に変わり、衣服はすべてはぎ取られていたため、激痛よりも寒さのほうが辛《つら》かったのを覚えている。意識は朦朧《もうろう》とし、言葉もうまく話せなかったが、尋問に答えなければ爪の間に竹べらを突っこまれた。

拷問から逃れるため、舌を嚙み切ろうとしたとき、桐原が納屋の扉を蹴り破って入ってきたのだ。

――志郎!

変わり果てた柴の姿に激怒し、桐原は拳銃の台尻やマグライトで、教団の私兵集団を殴り倒した。その後、彼はジャケットを脱ぎ、柴にかけてくれた。痛みや寒さを今も覚えているが、あのぬくもりも忘れられない。柴にとっては英雄だった。

桐原は愛妻家でもある。子供はふたりいて、上の息子はもう高校生になっているはずだ。家庭持ちの警官が、ふらっと高級ホテルに寄れるはずがない。汚職でもしないかぎり。

「クソ」

ハンドルに拳を叩きつけた。

桐原と赤坂署組対課の汚職を示す証拠は着々と集まりつつある。しかし、やりきれなさと苛立《いらだ》ちがこみ上げてくるばかりだった。

5

〈やり方に口を挟む気はないわ。あなたに任せる〉

野宮は淡々と言った。耳につけたイヤホンマイクを通じて、彼女の声が聞こえた。

「ありがとうございます」

電話での会話にもかかわらず、柴は思わず頭を下げた。

〈だけど……スマートとは言えないわね。このまま地道に証拠集めに励んで、警務部にでも通報すれば、悪徳警官たちは嫌でも手を引かざるを得なくなる。悪徳警官の動機なんて興味ないし。有無を言わさず退場してもらえれば、それで万事解決だもの〉

「仰るとおりです」

〈それに、かつて堅物だった人間が、カネや女で身を持ち崩すケースなんて、今までだってたくさん目撃してきたじゃない。真面目なおまわりさんだったあなたが、うちみたいなあやしげな会社で働いているのもそうだし〉

「ええ……まあ」

ひっそり笑みを浮かべた。

暴行で負ったケガは、手術と治療によって回復していった。しかし、精神に負った傷が癒えるのには、長い年月を必要とし、それが原因で刑事を辞することとなった。

〈その桐原さんのことは、あなたがよく知ってるようだから、少し静観してみるけど、私としては優秀な人材をみすみす失うつもりはないとだけ言っておくわ。たとえ相手がサクラの人間でも、芋を引く気はないってこと。私はヤクザと違うから〉

野宮の声のトーンが低くなった。ひえびえとした声色に、思わず背筋が震える。

ただのはったりではないのは、側近として働いている自分がよく知っている。たとえ社会を敵に回してでも、立ちはだかる者を排除するだろう。彼女には大きな野望がある。木っ端《こっぱ》役人ごときに尻尾《しっぽ》を巻くようなお人ではない。

「承知しました」

腹に力をこめて答えた。

柴がいるのは千代田区九段下のコインパーキングだ。羽佐間が調べてくれた女子高生が通う学校——都内屈指のお嬢様校として知られている。その正門が見渡せる位置にいた。

　午後の授業中とあって、今はひっそりと静まり返っている。あと一時間もすれば、下校の時刻を迎えて、多くの生徒が出てくるだろう。セダンのなかから、あの女子高生が出てくるのを待っていた。

　車内は柴ひとりだった。ただし、彼から見えない位置に、有道を中心とした荒くれ者が見張っている。

　かりに柴に危害を加えようとするものが現れれば、数百メートル離れた位置からでも、狙撃ライフルでスイカのように破裂させる武闘派だ。

　相手は腐っても刑事だ。一度揉めれば、事情を知らない制服警官や機動捜査隊を呼び寄せられる。もしものことがあれば、悪徳刑事を圧倒的な暴力で黙らせ、柴を現場から連れ去る気でいる。

　柴としても、そのような事態は望んでいない。流血沙汰は避けたかった。社長や社員をお尋ね者にするわけにはいかない。

　学校から授業を終えるチャイムが聞こえ、やがて下校する生徒らが正門から現れた。双眼鏡を覗く。

　問題の女子高生と接触する気でいた。彼女たちから事実を聞き出す。むろん、容易に証言してくれるとは思っていない。

彼女らに声をかければ、売春斡旋《あっせん》をしている庄司を通じ、柴のことが桐原の耳に入るだろう。彼らとの対決は免れなかった。

携帯端末を通じて、イヤホンマイクから有道の声が聞こえた。

〈刑事《デカ》だ！〉

スーツの男たちがセダンに近寄ってきた。柴は息を呑む。

〈撃っちまおう〉

「ダメだ。絶対に手を出すな」

冷蔵庫みたいな体格の男が、毛深い手で運転席の窓をノックした。見覚えのある男だった。桐原とともに高級ホテルのバーで酒を飲み、部屋に宿泊した人物だった。

柴は窓を開けると、懐に手を入れて尋ねた。

「どちらさんですか」

「とぼけるな、わかってるだろう」

男は、マル暴らしい野太い声でうなった。敵意むき出しで歯を剝いたが、注意深く柴の懐に目をやっていた。

「もしかして、おまわりさんですか？　それなら警察手帳《てちょう》を提示してください。顔写真から手帳番号まで読み取れるように」

「うるせえ、とっとと降りろ」

男は、手こそ出さないものの怒気を露にした。

〈相手に動きがバレてるんじゃねえか。死ぬぞ！〉

耳元で有道がわめいていた。

しかし、彼の助言を無視した。男の後ろから現れたのは、真の標的である桐原だった。めったに笑わない男で、つねに重苦しい表情を浮かべていたが、今はニヤリと不敵な笑みを浮かべている。

「桐《きり》原さん」

桐原は、あたりを見渡してから口を開いた。

「志郎、ひさしぶりだな」

柴は学校を指さした。

「女子高生《JK》の抱き心地はどうでしたか」

男は顔をひきつらせたが、桐原の表情に変化はなく、ただ首を横に振るだけだった。

「お前の負けだ。おとなしくついてこい」

「あんたはおれの目標だった」

「お前はもともと刑事《デカ》に向いてない」

桐原は、柴の懐など意に介さなかった。

彼は窓から手を伸ばすと、イヤホンマイクを奪い、地面に落として踏み砕いた。

「どうして、こっちが気づけたと思う。お前が羽佐間のようなウジ虫を頼るからだ。あいつはお前に情報を売りながら、こっちにも恩を売った。またも二重スパイにしてやれたのさ」

「まさか」

柴は目を見開いた。驚愕《きょうがく》と恥辱に襲われ、思わず下を向いた。顔が熱くなる。

「続きが知りたければ、ついて来い。ただし、覚悟はしておけ」

桐原は運転席のドアを開け、柴をセダンから引きずり出した。

6

警察車両のミニバンに乗せられ、柴は連中のホームタウンである赤坂へと連れてこられた。

桐原は注意深かった。柴の周りに仲間がいるのを警戒し、ミニバンは細かな路地をいくつも入り、尾行に注意を払い続けた。桐原は都内の裏道を頭に叩きこんでいた。柴が持っていた携帯端末は奪われ、バッテリーを抜かれている。柴の位置を示す機器は無効化され、彼は孤立してしまった。

繁華街にある雑居ビルの地下で、空店舗となっている場所だった。もともとは居酒屋だったらしく、部屋の隅には民芸調の椅子や机が重ねられてあり、バックバーやカウンターもあった。中途半端に残ったペットボトルの焼酎や果汁シロップが残されている。昼間であるにもかかわらず、陽光は一切差しこまず、電灯をつけなければまっ暗闇に包まれる。

ここが今のところ、悪徳警官たちの秘密基地であり、折檻部屋でもあるのだろう。元居酒屋のまん中で、今度は柴が椅子に座らされることとなった。今ごろ有道らは、さらわれた自分を見失い、必死に捜しているはずだ。

ヤクザの島田と同じく、後ろ手に手錠をかけられただけというのに、汗が滝のように滴り落ちた。農園での忌まわしい過去が蘇り、身体が勝手に拒否反応を起こし、歯茎までがうずきだした。

折檻部屋には、赤坂署組対課課長の木梨《きなし》が、部下を従え、仁王立ちで待っていた。激戦区のマル暴を仕切る男らしく、頭を丸坊主にしたコワモテの中年男だ。腹回りにはたっぷり脂肪がついており、いかにも鈍重そうな体型をしていた。

彼はやる気充分のようだった。柴が連行される前からスーツのジャケットを脱ぎ、ワイシャツを腕まくりしていた。ご丁寧にも自分の拳を痛めないよう、黒い革手袋までつけている。まるで鏡餅のような滑稽な体型ではあったが、パンチ力だけはありあまっていそうだった。

冷蔵庫のような体格の手下が嘲笑《あざわら》った。

「どんだけビビってるんだ。小便ちびったようにぐしょ濡れだぞ」

木梨が左ジャブを放った。ヘッドスリップを試み、鼻を砕かれるのは免れたが、頬骨に拳が当たり、熱い衝撃で涙がにじんだ。

木梨は桐原に訊きながら、さらにパンチを放った。

「桐《き》原《り》さんの相棒だったんだって？　今は探偵でもしてんのか」

かわすのが面倒になって、パンチを浴びた。顎をまともに打ち抜かれた。視界がぐらぐらと揺れ、口のなかに血の味が広がる。

「『NAS』という派遣会社の人間です」

桐原は冷たく柴を見下ろした。脳を揺さぶられたためか、男たちの会話が間延びして聞こえる。

「『NAS』？　知らねえな」

「危険な連中です。警視庁の上層部には、広域暴力団以上に危ないと警戒している者もいるくらいで」

柴は血の混じった唾を吐いた。

「それだけ知っていれば充分だろう。おれを生かしておく理由はない。とっとと殺せ」

木梨が右フックを振るった。左頬に拳がまともに入り、首がねじれる。

思ったとおり、木梨のパンチは威力充分だった。ボウリングの球のような重さがあり、一撃を加えられるたびに、意識が危うくなる。だが、苦痛が増えれば増えるほど、かつて受けた拷問とは異なり、気分は楽になっていくばかりだった。

殺せと叫ぶのは虚勢ではなく本音だ。またも情報提供者にまんまと騙《だま》され、敵に捕えられた。目の前にいる刑事たちを絞め殺したかったが、なによりも死に追いこみたいのは自分自身だった。

「いつ殺《や》るかは、こっちが決める。てめえは質問されたことだけに答えりゃいい。誰に雇われた。島田とは思えねえ。暴力団員《マルB》ごときが、こっちに刃向うはずはねえからな。誰に雇われ、どこまで探りあてた。写真やデータはその『NAS』とやらにあるのか。残らず出さないかぎり、お前の歯や骨を全部へし折ってやる」

木梨は握り拳を見せつけた。革手袋には柴の血がべったりついている。

柴は木梨を無視し、桐原に向かって言った。

「あんたは……本当にあの桐《きり》原さんなのか。命を賭して、おれを救ってくれた。一体、なにがあったというんだ。教えてくれ！」

「てめえ……」

木梨が拳を放とうとしたが、桐原が止めに入った。彼は柴を憐《あわ》れむように見やった。

「志郎よ、お前はおれに幻想を抱きすぎだ。なにか特別な理由でもあると考えているようだが、なんにもありはしないのさ。上の息子が薬剤師になりたがってる。薬学部に六年通わせるにはカネがかかるってことと、女房には苦労ばかりかけたんで、ここらで官舎暮らしから解放してやりたいってだけだ」

桐原は顔色ひとつ変えず、ただ淡々と述べたが、片頬を歪めて微笑んだ。

「それにおれも、若い娘のおまんこは嫌いじゃない。もっと若いうちに知っておけば、朝まで楽しめるんだが、腰痛持ちじゃ一発がせいぜいだ」

木梨と部下たちの間で、下卑た笑い声があがる。

「桐原《きり》さんはむっつりスケベだからな」「あんだけの上玉相手に、一発はもったいない」

桐原は、木梨らから冷やかされるものの、まんざらでもなさそうに笑うだけだった。だがそれは、柴にとって木梨の拳よりも痛烈だった。インプラントの義歯で唇を嚙み破る。

桐原は笑いながら告げた。

「これも八田組に打撃を与えるためだ。反社会的勢力の資金源を叩くため、組対課として任務をこなしている。売春だけじゃない。博奕や飲食店へのみかじめも、少しずつ食いこんで、連中の首を絞めていく。連中を痛めつければ、多少のおこぼれに与《あずか》ったところで誰も文句は言わん。悪党たち以外はな」

目が熱くなり、涙が頬を伝わる。

「あんたの言うとおりだ。おれは刑事に向いてなかった。こうも人を見る目がなかったとは。腐れ外道め」

桐原に頬を張られた。

床に柴の血が飛散し、桐原の掌も赤く汚れた。桐原は忌々しそうに顔をしかめ、掌の汚れを柴のワイシャツに擦りつける。

「いっぱしな口を利くな。お前こそ、そこいらのドブネズミとなにが違う。警察に恩を売りつつ、暴力団だの政治家だのから依頼を受けて、そこいらで派手に暴れているとの情報が耳に入ってるんだ。今回の依頼人とやらも、利害関係を考えれば、やり手ババアのパク・テリだろう。昔から極道よりも血の気が多かった」

柴は思わず顔を上げた。悪に手を染めてはいたが、桐原の情報網と分析力には舌を巻かずにはいられない。

木梨は両拳をぶつけ合った。

「あのババアか……あいつも引っ張る必要があるな。ここを誰が仕切ってるのかをわからせてやる」

柴は奥歯の欠片《かけら》を噴いた。血と唾液にまじって吐きだす。木梨や桐原のスーツを汚すのに成功した。

木梨は顔を紅潮させ、桐原は眉をひそめた。たちまち、部下らから鉄拳や蹴りを浴びる。内臓がひしゃげ、頭を殴られ、意識が数秒ほど吹き飛んでいく。血液が気管に入り、激しく咳きこんだ。

連中をもっと挑発すれば、このまま殴殺してくれるかもしれないと、期待を抱きながら。ミスを犯した以上、野宮に合わせる顔もない。

「もういい」

桐原は仲間らを制した。

柴は力を振り絞って頭を振る。血や汗をまき散らして挑発するものの、桐原は無駄とばかりに肩をすくめるだけだった。

「プライドが高いお前のことだ。死にたいと願っているだろうが、そうはさせん。お前を人質にして、『NAS』と交渉する。こちらの手を煩わせた罰として、たっぷり賠償金を支払ってもらう。むろん、手付金だ。ゆっくり骨までしゃぶらせてもらう」

「やってみろ、クズども。うちの会社はおれみたいに甘くないぞ」

「この期に及んで、まだ強がんのか」

木梨に唾を吐きかけられた。

臭そうな唾が頰に付着したものの、鼻はすでに血でつまっていて、嗅覚は麻痺《まひ》している。

桐原は顎をなでた。

「いや、『NAS』はなかなか手ごわい。警視庁や警察庁ともコネがあるとか。現にこいつ以外にも調査隊が存在し、そっちはうちの〝上〟のほうまで摑んでいると、私の情報提供者から聞いてます」

「なに――」

柴だけでなく、刑事たちまでもが目を丸くした。

「き、桐原《きり》さん、そいつは本当か？」

とりわけ、課長の木梨は桐原にすがりついた。上司からの問いに、桐原は静かにうなずく。

「なにバカなことを……」

柴は小さく呟いた。他に調査隊などいやしない。調査自体は柴に一任されているのだから。どのルートから得たのか知らないが、桐原はデタラメを口にしていた。

桐原と視線が合った。いけ好かない笑みを浮かべていたが、目の輝きは昔と変わっていない。

思考力が鈍った頭をフル回転させた。この場にふさわしい発言を考える。

「他に調査隊などいるもんか！　おれひとりであんたらを追った。デタラメを言うな！」

手錠を鳴らし、声を振り絞った。大袈裟に反応してみせる。

「……どうやら桐原《きり》さんが正しいようだな」

木梨は柴を胡散《うさん》くさそうに見やった。

携帯端末を取り出して、電話をかけながら、慌てた様子で調理場へと移動した。おそらく、〝上〟に連絡を取っているようだ。管理売春を仕組んだ黒幕だろう。

桐原は懐に手を伸ばした。

「デタラメじゃない。少なくとも〝上〟は確実にいる。おれも今日まで誰かわからなかったがな」

彼は独り言のように呟くと、無表情で拳銃を抜き出した。撃鉄を起こすと、銃口を部下たちに向ける。

「桐原《きり》さん。あんた、なにを」

部下たちは彫像のように固まった。異変に気づいた木梨も叫ぶ。

「どういうつもりだ……まさかおれたちを――」

それ以上の声は聞こえなかった。

複数の人間が階段を駆け下りてきたかと思うと、居酒屋の引き戸を開け、ドヤドヤと折檻部屋に入ってきた。同じ警官の臭いがしたが、悪徳刑事たちと違い、スーツを隙なく着こなしていた。硬い表情で組対課の面々につめ寄る。

「人事一課監察係だ！　木梨謙二郎《けんじろう》！　貴様らを監禁と暴行の現行犯で逮捕する！」

悪徳刑事らが泡を食っているなかで、桐原だけは冷静に拳銃をしまうと、ポケットから携帯端末を取り出した。ずっと通話中にしていたらしく、液晶画面には通話時間と通話相手の名が示されてあった。監察係に部屋の状況を伝えていたらしい。

「てめえ、裏切ったな！」

木梨は、監察係員らに揉みくちゃにされていた。桐原は首を横に振る。

「外道と働く気などないだけだ」

柴の口から乾いた笑い声が漏れた。またも騙されたとは。自分の愚かさを嘲笑うしかなかった。

7

「えー、そんなことないでしょ。あなたは刑事向きよ。もう刑事じゃないけど」

野宮が新聞のページをめくった。

社会面には連日のように、赤坂署組対課の不祥事が報道されていた。少女らに売春をさせていた庄司も逮捕され、警視庁組対部の参事官が、管理売春で儲けた売上を、裏金としてプールしていた実態までもが暴かれていた。

八田組の資金源を叩きつつ、カネと少女を貪るという虫のいい絵図を描いた張本人だ。

木梨が慌てて電話をかけた相手でもある。

その日の社会面の片隅には、深川署の刑事である羽佐間が、ひき逃げに遭い、重体の状態で救急搬送されたことも記されてあった――野宮はサクラの人間だろうと、芋を引く気はないのだ。

「今回だけで二度も騙されたわけですから。調査員として失格です」

柴はうつむいた。

五日間の入院と静養を余儀なくされたが、顔の腫れは未だに惨《ひど》く、喋《しゃべ》るだけで口内に痛みが走った。秘書としての仕事もこなせず、監禁から一週間が経った今もデスクワークを余儀なくされている。折れた歯や鼻骨の治療やらで、病院にもしょっちゅう通わなければならない。

「うちは結果がすべてよ。庄司とそのケツモチを潰せたんだから、それでオーケー。しかも、桐原さんに対するあなたの見立てだって間違ってはいなかった。高潔で頭がキレる。最後は彼といっしょになって、即興劇まで披露したそうじゃない」

「ええ……まあ」

応接セットのソファに座っていたテリが言った。

「桐原警部補……女をあてがわれたのに、一度も抱かなかったらしいわね。刑事なんかにしておくにはもったいない。ヘッドハンティングしちゃえば？」

「そうねえ……どう思う？」

野宮は柴に訊いた。彼は即答した。

「不可能です。大金を積んでも」

「でしょうね」

野宮もあっさりうなずいた。

柴は一週間前を思い出した。拷問から解放され、救急隊員の担架に乗せられたときだ。柴は桐原に語りかけた。

――桐原《きり》さん。仲間を監察に売った以上……これからどうする気ですか。現場じゃ孤立するでしょうし、仲間から撃たれる羽目になるかも。

――なにも変わりゃしないさ。

――しかし……。

――志郎よ、勘違いするな。警視庁で『ＮＡＳ』をもっとも危険視しているのは、このおれなんだよ。お前をさらったカルトなんかよりも遥かに危うい。暴力団《マルB》や警察《うち》に、スパイまで潜らせていると踏んでるんだ。

桐原は最後に言っていた。次に会うときは敵同士だと。柴は思ったものだ。彼は死ぬまで刑事であり続けるだろう。

歯医者の予約時間が迫っていた。野宮らに断りを入れて、汐留のオフィスを出た。

行き交うサラリーマンたちが、ぎょっとしたように柴の顔を見やる。晩夏の日差しは厳しく、陽光にさらされるだけで、腫れた頬や頭が焼けるように痛む。

しかし、今は悪い気分ではなかった。かつての仲間から、ひさびさに活を入れられたような気がした。

Ⅲ　クロスロード・ブルース

1

朝比奈美桜《あさひなみお》の心は冷えていくばかりだった。危険な香りがどうも足りない。

「ああ……うぜえ」

カシスオレンジを含みながら小さく呟いた。

四つ打ちのエレクトロミュージックが、腹に響くほどの大音量でかかっている。呟きぐらいなら聴き取られる心配はない。

彼女がいるのは、渋谷道玄坂にあるクラブだ。学生主催のパーティだったが、そのわりに人数はけっこう入っている。

秋雨で外はびしょ濡れだというのに、約百人もの客がつめかけ、会場は八割の入りとなっている。女性客は四割程度といったところか。フロアは香水とカクテルの甘い匂いでいっぱいだ。

「ウェーイ、玲菜《れな》ちゃん、かんぱーい！　そんな端っこにいないでさ。バリ楽しもうぜ」

勇貴《ゆうき》が大声を張り上げ、グラスをぶつけてきた。

「あ、うん。乾杯」

気を取り直して、美桜は演技を続けた。

勇貴とは対照的に頼りない声を出し、世間知らずな地方出身の女子大生になりきる。

勇貴はまっ黒に焼けた肌に、短く刈ったオレンジ色の頭髪、判で押したようなバカ学生だ。

自分を遊び好きなパリピに見せるため、奇声をあげたり、けたたましく笑ったりと忙しい。首都圏の大学にあちこち出向いて、パーティ券を売りさばき、女子学生の勧誘に精を出している。エナジードリンクで割ったウォッカをガブガブ飲んでは、必死にテンションを上げようと張り切っていた。

会場は、勇貴のようなチャラくさい恰好の男子学生らが、ホストのごとく場を盛り上げようとして、ウェイウェイと叫んでいた。

クラブ内は、すでに人々の熱と湿気で蒸し風呂みたいだったが、体育会系のノリがさらに暑苦しさを倍増させていた。耳障りな学生どもに、鉄拳を喰らわせて黙らせたい。

美桜はカシスオレンジをひと口やった。勇貴は笑顔を向けつつ、首を横に振る。

「いやいやいや！　もっとイケるっしょ。女の子は飲み放題なんだしさ、飲まなきゃ損だよ！」

「うん……わかってるけど、私、こういうところ初めてだから。どうしていいのか、まだ戸惑ってて」

音楽がやかましいため、会話をするには声を張り上げなければならず、勇貴が口を開くたびに唾が飛んでくる。

固い笑みを浮かべつつ、クラブのなかを不安げに見回した。

「それにしても、有名なサークルだけあって、いろんな人が集まってるんだね」

勇貴は自慢げにうなずき、客らを指さした。

学生たちがひしめくなか、いかにも遊び慣れした社会人もいた。上等なスーツにスイス製の時計を着けている。

「ここの人脈はマジ熱いから。あそこで踊ってんのが、電報堂《でんぽうどう》の小林さんだろ、カウンターにいるのが、ハードバンクの鈴木さん。あっちは佐藤忠商事の……名前なんだっけな。たしか赤門出のエリートだよ」

「えー、本当にすごいんだね」

美桜は口を両手で覆って驚いてみせた。

勇貴が口にしたのは、誰もが知る広告代理店やIT企業、総合商社だ。とくにホラを吹いている様子はない。このパーティに、それだけの〝エリート〟とやらが集まるのは知っていた。

主催者の『アクティビティ』は、名門私大である稲門《とうもん》大学公認のイベントサークルだ。それなりに歴史もあり、他大学との交流も盛んで、東大を始めとして、都内の国公立大学や有名私大の学生らも、メンバーとして名を連ねている。

将来有望な学生たちと、一流企業に就職を果たしたOBたち。そんな連中がいるため、女子学生もチケットを買い、雨が降るなかクラブまでやって来るのだ。勇貴も稲門大学の二年生だ。

勇貴は携帯端末をいじると、まるで水戸黄門の印籠みたいに、液晶画面に映る自分のフェイスブックを見せつけた。友達リストには学生だけでなく、大手企業の社員の名や顔がずらりと並んでいる。

「うちはOBだけでもけっこう熱いし、あんな感じで遊びにも来るから、あとで紹介するよ。ぶっちゃけ、人脈増やしたいっしょ」

「そうだけど……いいの？」

「当たり前じゃん。このために名刺も作ってきたんだろ？」

「大丈夫なのかな。勇貴君もそうだけど、みんなランクの高い大学ばっかだし。私のところは」

「ぜーんぜん気にしなくていいよ。そういうのノープロブレム。だって、玲菜ちゃん、かわいいしさ」

「えー、そんなことないよ」

美桜は大袈裟に手を振った。勇貴は耳打ちしてくる。

「マジマジ。じつを言えばさ、早く紹介してくれって、あっちこっちからせがまれてるくらいだからさ。もっと飲んで、緊張ほぐしたほうがいいよ」

「うん、わかった」

グラスのカシスオレンジを一気に飲み干した。

勇貴は手を叩いて称《たた》えると、美桜からグラスをひったくり、新たな酒を求めて、カウンターへと走っていった。周りで踊っていた男子学生が声をかけてくる。

「いい飲みっぷりー。いいね、いいね」

「ど、どうも」

ウブな女子大生を装いながら、心のなかで毒づいた。

要するに、女はツラさえよければオーケーなのだろう。頭は悪いほうが好まれる。会場にはヤカラ系の恰好をした兄ちゃんもいるが、大半は勇貴のようなチャラついたガキばかりのようだ。

ジンでもテキーラでもなんでもいい。とっとと仕事を終わらせて、こんな甘ったるい酒ではなく、きつい火酒をあおりたかった。

2

「なにそれ。鍛え直してくれるんじゃなかったの？」

美桜は拍子抜けしたものだった。

一週間前、野宮綾子と面会した。『ＮＡＳ』で働かせてくれるよう伝えると、彼女は大喜びして美桜を社長室に通した。

話はとんとん拍子で進み、仕事もさっそく与えてくれることになったが、パリピ小僧が集まるイベントサークルに潜入しろと言われ、高揚は消え失せ、失望へと変わった。

「つまんねえ……もっとヒリヒリするような仕事にありつけると思ったのにさ。あたしのことナメてんの？」

応接セットのテーブルに足を投げ出した。

「これからわが社に雇われようとする者が、なんて態度だ。その汚い足をどけろ」

秘書の柴が眉をひそめた。美桜は頬を歪める。

「ちょうどよかった。あんたにはお礼をしたいと思ってたんだ。あのときは、よくも騙してくれたよな」

「図に乗るな。我々がいなければ、お前はとっくに実家の座敷牢にでも押しこめられて、幽閉生活を送る羽目になったんだぞ。ハンパ者のお前に、大きな仕事などおいそれとは任せられない」

「あんたを病院送りにすりゃ、少しは見方も変えてくれるかな」

ソファから立ち上がると同時に、テーブルにあったクリスタルの灰皿を手にする。

野宮がうんざり顔で手を叩いた。

「ふたりとも落ち着いて。美桜さん、うちにゴロまきに来たわけじゃないでしょう」

「遊びに来たわけでもないよ」

美桜は再びソファに座り直したが、灰皿は手放さなかった。

そもそも、『NAS』との因縁は、今年の初夏にまでさかのぼる。

岡山の政治家の家に生まれた美桜は、表では清楚な女子大生を装いつつ、裏では徒党を組んで金庫破りに励んでいた。

大物国会議員の娘として、生まれながらにしてレールの敷かれた人生を歩むことを強要された。小さなころから華道に茶道、料理に語学と……厳しく育てられた。それも財閥の息子やキャリア官僚、あるいは有望株な政治家の嫁となるためだ。美桜自身が独自の夢を持つことなど論外だった。

大名の姫様のような生き方を強いられ、早いうちから人生に見切りをつけていた美桜は、お嬢様の仮面をかぶりながら、中学時代に窃盗やネット通販詐欺のやり口を習得し、高校のころには、朝比奈家と懇意にしていた暴力団組長を通じ、カネを積んでケンカのやり方を学んだ。

　大学進学とともに上京し、朝比奈家の目が届かない土地まで来ると、プロの悪党とチームを組んで、盗人集団のリーダーとなり、詐欺師や故買屋、インチキ占い師の金庫を叩きまくった。億ものカネを奪い取り、トラブルが起きたさいは、腕ずくで解決しては自信を深めた。悪党として活動しているときのみ、生きているという充実感を覚えたものだった。

　日吉の名門大学に通い、良家の子女として振る舞いつつ、一方でプロの犯罪者として生きようと心に決めていた。そのためには、朝比奈家の支配から逃れなければならず、父の地盤を受け継いだ現当主の兄を落選させるのが、一番の早道と考えた。議員バッジを失えばただの人であり、犯罪で得たとはいえ、カネを持った自分が優位に立てるからだ。

　選挙資金のために溜《た》めこんだ兄のカネを狙い、彼の事務所を襲ったが、思わぬ邪魔が入った。それが『ＮＡＳ』だった。

『ＮＡＳ』はまんまと兄のカネを盗み、資金不足に陥った彼に親切顔でそのカネをそっくり貸しつけた。煮ても焼いても食えない兄に首輪をつけたのだ。

　――あなたのやってることは、中途半端な子供の遊び。

野宮は美桜に向かって、偉そうに説教を垂れたものだった。

ハンパな気持ちなどではない。自由を得るための闘争だった。しかし、『NAS』にしてやられたのは事実で、彼女は上から目線でこうも言った。

——もし、プロになる気があるのなら、連絡をちょうだい。鍛え直してあげる。

一体、何様だ……。屈辱で気がおかしくなりそうだったが、ここの連中が今の自分よりも優れているのは揺るぎようがない。恥をしのんで『NAS』の門を叩いた。お言葉通りに鍛え直してもらうが、ついでにノウハウをすべて盗みつくし、その驕《おご》ったツラに泥を塗りたくってやると誓った。

野宮は、社長用のオフィスチェアにもたれた。

「あなたの実力はよくわかってるし、ただのスリルジャンキーじゃないってことも知ってる。そうじゃなきゃ、この私直々に勧誘なんてするはずないもの」

「だったらさあ」

野宮は掌を向けて遮った。

「ただし、ナメてはいけないのは、この『アクティビティ』の連中だって同じ。たかが学生と甘く見てたらケガをする……ケガをするというか、過激なAVも霞むくらいに、集団でナニされちゃうんだから。いくら腕っぷしが強いといっても、発情しまくった野獣どもを、一ダースも二ダースも退治できるわけじゃないでしょう?」

テーブルには『アクティビティ』に関する資料があった。

名門大学公認と伝統を看板に掲げつつも、一流企業の社員や有名大学生とのコネをエサに、女子大生を毒牙にかけているという。美桜が通う慶陵《けいりょう》大学のメンバーもいる。

あいにく美桜の友人たちのほとんどは、コネにあくせくする必要のない若君や姫様だらけだ。親や家柄の威光だけで、一流企業に潜りこめる。キャンパスでは、そんな浮世離れした連中を相手にしているため、この強姦サークルの存在を知らずにいた。

「……依頼者ってのは、こいつらにナニされた被害者かなにか？」

「そんなところね」

「誰だよ」

柴が咳払いをした。

「教えられるはずがない。お前がヘマをして捕まるかもしれんのだから」

「お前に訊いてねえよ」

柴が舌打ちした。

「ズベが。兄が兄なら、妹も妹だ」

「んだと――」

灰皿を投げつけようと摑み上げた。

しかし、野宮も柴も冷ややかな目で美桜を見つめるだけだった。動じる様子はまったたくない。

美桜は深呼吸をひとつしてから、ゆっくりと灰皿をテーブルに置いた。

「もう仕事は始まってると考えたほうがよさそうだね」

「そうこなくちゃ。誘った甲斐がないわ」

野宮がにこやかに笑い、デスクのうえに手を置いた。

美桜は目を見開いた。野宮の右手には、小型の自動拳銃が握られていた。

「……撃つ気だったのかよ」

「うちはデキる人間しかいらないから」

「単細胞もいることはいますが……」

柴は冷たい目をしたまま呟いた。この中年男からは、警官の臭いがする。

野宮は拳銃をデスクの引き出しにしまった。替わりに一枚のカードを取り出し、美桜へと投げた。プラスチック製のカードはフリスビーみたいに回転し、応接セットのテーブルのうえに落ちる。

横浜にキャンパスがある女子大の学生証だった。顔写真には美桜の写真が貼られ、名前の欄には小西《こにし》玲菜とあった。偽造の身分証明証だ。

「あなたを高く買ってるのよ。とくにオスカー女優にもなれるくらいの変装術と、ウワバミみたいな飲みっぷりには、舌を巻いてるんだから。今回の仕事にもっともふさわしい人物ね」

「きれいにカタをつけたら、もっとおもしろい仕事をくれる?」

「もちろん。入門試験だと思って、軽くこなしてみて。依頼者に関する情報も、終わればきれいに教えてあげられるし、ヒリヒリするようなバトルもいっぱいできる」

「ケツまくって逃げたくなるほどのな」

柴の嫌味を無視して、再び資料に目を落とした。

たしかに『アクティビティ』は、ただの軽薄なパリピ学生だけの集団ではないらしい。幹部の面々には半グレ集団の東京同盟とつながりのある不良もいるという。

東京同盟は暴走族OBらのグループで、芸能人への暴行や殺人事件で悪名を轟かせた。現在は警察庁から準暴力団の指定を喰らい、メンバーのなかには〝本職〟の道を選んだものもいる。酒をたらふく飲ませられ、抵抗できなくなった女子大生が、闇の力をちらつかせて恫喝されれば、警察に駆けこむ気力をなくすだろう。

書類とともに何枚かの写真が添付されていた。そのうちの一枚をつまむ。代表の福本《ふくもと》耕平《こうへい》を写したものだった。

福本は、すらっとした長い脚と、ウェーブがかかったカフェオレ色の頭髪が特徴の二枚目だ。ファッション誌の読者モデルをやっていた経験もあり、彼目当ての女子大生までいるという。

華奢な体型と中性的な顔立ちのおかげで、体育会系やパリピのノリを嫌う女たちをも吸い寄せている。

しかし、『NAS』の調べによれば、この男の毒牙にかかり、集団強姦された女の数は二桁にものぼるという。連中の悪行の証拠を摑むのが、美桜に課せられた任務だった。

3

「……ということで、今夜は天候に恵まれませんでしたが、このお足元の悪いなかおいでいただきまして、誠にありがとうございます。『アクティビティ』の代表として、心から御礼申し上げます」

その福本が立ち、微笑をたたえながら挨拶を述べていた。

ほっそりとした見た目と異なり、パーティでよく大声を張り上げているためか、わりと野太い声の持ち主だった。部屋の隅々にまで言葉が届いた。

「固い、固い」「料理冷えちゃうよ」

傍にいる幹部たちが茶々を入れると、福本はペロッと舌を出しておどけてみせる。

「一応やっておかなきゃね。というわけで、今回も無事パーティやり遂げました！　みんな、ありがとう！　かんぱーい！」

福本がグラスを掲げると、三十人ほどの参加者がそれに応えた。男子学生たちはグラスのビールをあおり、ウェイウェイと吠えたてる。

二次会は、渋谷百軒店《ひゃっけんだな》の大衆居酒屋だった。『アクティビティ』が店ごと借りているため、他に客は見当たらない。座敷席の間仕切りを取っ払い、参加者が全員入れるほどの大広間を作り上げていた。

手際がいいというより、客が入店する前から、すでに突き出しだけでなく、焼き鳥や揚げ物が載った大皿もテーブルに並べられていた。料理は最初から冷めている。酒を運ぶ店員はテキパキと動いていたが、愛想がいいとはいえず、動作もどこかぞんざいだ。

一次会では大きな顔をしていたＯＢの多くは、コネ欲しさに近寄ってきた女子大生を持ち帰り、どこかへと消えていった。

だが、同サークルの人気はたいしたもので、ＯＢらが女たちを奪っていったものの、二次会から参加するメンバーが、新しく女子大生を連れてきていた。

勇貴によれば、二次会に誘われるのは名誉なのだそうな。彼はパーティが始まる前から饒舌《じょうぜつ》だったが、だいぶウォッカが入って、さらに舌がなめらかになっていた。ブスは二次会に招待されたりはしないんだと、口を滑らせている。

「飲もう、飲もう。玲菜ちゃん」

その勇貴が隣でせかした。

それしか言えないのかと、頬を張り飛ばしたくなったが、嬉《うれ》しそうに微笑みながら、スクリュードライバーを口にする。

「はあ、おいしい」

グラスの半分を空けた。勇貴と似たような雰囲気の男たちが、拍手をして褒め称え、周りの女子たちを煽《あお》る。

「かなりイケる口っしょ。やばいっしょ。みんなも負けてらんねえよ。はい、どんどん飲《や》ろう」

おいしいわけない。危うく顔を歪めるところだった。

スクリュードライバーは、やけに甘みが強かった。ウォッカの量をかなり足し、それをごまかすためにシロップを入れている。氷でキンキンに冷やしてもいるために気づきにくいが、あとで血中のアルコールが脳や身体をぐだぐだにする。こんなレイプ用のドリンクを店員が運んでくるということは、店側も一枚嚙んでいるという意味だ。

連中をナメてかかるのは危険だと、ようやく闘志に火がついた。目先の欲望を抑えられないエテ公どもではない。目的のためなら手間暇を惜しまない邪悪な軍団だ。

甘ったるいオレンジ味のカクテルが苦く感じられる。一次会のクラブで踊りまくって、女たちもだいぶ汗を掻いているため、冷えた酎ハイやカクテルを口にしていた。酒が弱いと訴える女に対しても、あの手この手でジュースじみた酒を飲むよう強要している。

「いろんな人とお話しして、喉渇いちゃった」

ウォッカ増量のスクリュードライバーを飲み干した。勇貴と男たちが歓声をあげる。

「いいね、いいね」

「ずるーい、あんたたちも飲みなよー」

砕けた口調になって勇貴の腕を突いた。

男子学生らが「一気、一気」と囃《はや》し立て、勇貴は腰に手を当てて、ジョッキのハイボールを飲み干した。若い店員が顔を出し、注文を取りにやって来ると、美桜がウイスキーのロックを頼んだ。男たちは意外そうに目を剝く。

「なんだ、玲菜ちゃん、ふつうに呑兵衛《のんべえ》なんじゃゃん」

勇貴の隣にいた顎髭の男が、タバコをふかしながらニヤリと笑った。

ヤカラ系な気配を漂わせ、目はまったく笑っていない。この男は髪も顔も汗まみれだったが、長袖のTシャツを着用していた。袖を捲《まく》ろうともしない。タトゥーを隠しているのだろう。

「少しだけ」

美桜は首をすくめて舌を出した。

ウイスキーを飲みたかったのは事実だが、カクテルを飲み続けていたら、どんな混ぜ物を入れられるかわかったものではない。

人よりタフな肝臓を持っているため、酒で酔わせてナニしようと企む悪党を、何度も返り討ちにしてきた。味覚にも自信はあるが、薬まで一服盛られたら、カクテルでは気づきようがない。

飲みなれたウイスキーであれば、混入物もだいたい察知できる。そのうえカクテルと違い、こそこそと火酒を増量させることもできない。

間を置かずに運ばれたウイスキーをちびりとやった。周囲を見渡すと、代表の福本こそ柔和な雰囲気を醸し出していたが、かなりヤカラ系な男が何人もいた。集まった女子大生らをかいがいしく立ててはいるが、顎髭の男と同じく邪《よこしま》な空気は隠しきれていない。獲物を狙うような視線を女たちに向けている。

「玲菜ちゃん、まだ名刺持ってる？」

「え、うん」

勇貴が珍しく「飲もう」以外の言葉を発した。彼は上座のほうを見やる。

「まだ、福本さんに挨拶してなかったよね。紹介してあげるよ」

「い、いいの？　私なんかが？」

「大丈夫だよ、つーか、おれが福本さんに怒られちまう」

勇貴に連れられ、福本がいる上座へと進む。

福本は、両脇にいる女たちと話をしていたが、美桜を見かけるとヒラヒラと手を振って迎えた。

「待ってたよー、玲菜ちゃん。はじめましてー」

福本の仕草は、よく行くオカマバーのマスターのそれに似ていた。彼は口を尖《とが》らせる。

「勇貴君、超遅いー。いつ紹介してくれるのか、待ちくたびれるところだった」

「さーせん」

勇貴は芝居がかった様子で頭を下げる。美桜はおずおずと名刺を差し出す。

「は、はじめまして。小西です。あ、あの福本さんが読モしてるころから知ってました。ファンだったので、こうしてお会いできて、すごく嬉しいです」

「本当？　超嬉しい。芸能人になったみたいで、なんか照れるなー。ありがとうね」

福本はなかなかの役者だった。物騒な犯罪集団を率いている頭目には見えない。小さく頭を下げながら微笑む姿は女性的ですらあった。サークルに渦巻くオラついた臭いを、見事に消していた。

勇貴が酒を飲むジェスチャーをした。

「玲菜ちゃん、かなりイケる口ですよ」

「えー、大丈夫？　勇貴君らに無理やり飲ませられてない？　自分のペースでゆっくりやってね。うちは和み系サークルだから」

「無理やりなんかじゃないですよ」

勇貴はあわてて首を横に振った。美桜は肩をすくめる。

「じつは、勇貴君からけっこうプレッシャーを」

「あー、やっぱり。勇貴君、除名ねー」

福本は勇貴を指さした。

「えー、そりゃないよ、玲菜ちゃん」

口に手をあてて、屈託なく笑ってみせた。

なにが和み系だ。内心では毒づきつつ、キャアキャアと黄色い声をあげながら談笑した。

会話は嘘まみれだったが、隠しきれない本音も見られた。福本の両隣にいた娘らは、新参者の美桜に対して、ときおり嫌悪の視線を投げかけ、美桜が口を開くたびにスマホをいじって、会話を拒む姿勢を見せた。

とくに腹は立たなかった。このまま行けば、おそらく男たちの餌食となると思えば、憐みしか覚えない。上座にいる副代表の南《みなみ》や幹部らは、嘘臭い笑みを顔に貼りつかせている。

南は福本と違って、いかつい風貌の大男だった。クルーザー級ほどの体重がありそうで、僧帽筋が発達しており、首と二の腕がやたらと太い。柔道経験でもあるのか、両耳が餃子《ギョーザ》のように潰れていた。

いくら美桜が腕に覚えがあるとはいえ、こんなのにのしかかられたら、たまったものではない。南の後ろには、パンパンに膨らんだバックパックがあり、チャックが半分くらい開いている。

福本とは十分ほど喋り、元の席へと戻ろうと立ち上がった。美桜はよろけてみせた。バックパックに手をつく。半開きのチャックの間から、なかの荷物がわずかにあふれ出る。

「す、すみません！」

美桜は頭を下げつつ、南の表情をそれとなくチェックした。

南は一瞬、顔を凍てつかせた。バックパックからあふれ出たのは、折りたたまれたブルーシートと、それに酒のボトルだ。

彼は慌てた様子でバックパックをひったくると、中身を押しこんでチャックをすばやく閉めた。

「あの……」

「いい、いい」

南はすぐに笑みを取り戻したが、こめかみには血管が浮かび上がっている。福本から声をかけられた。

「玲菜ちゃん、ケガはない？」

「恥ずかしい。ごめんなさい」

「飲みすぎないようにねー、勇貴君、やっぱり君は除名」

「マジっすか。おれはなにもしてないっすよ」

勇貴にも謝りながら、元いた下座へと戻った。

危険を冒して芝居を打った甲斐があった。南が泡を食ってバックパックの荷物を隠すわけだ。

なかに入っていたのは、しばしばデートレイプに用いられるポーランド産のウォッカだった。アルコール度数が九五パーセントもあり、ドリンクに混入されたものを口にすれば、酩酊するのは避けられない。

ブルーシートは汚物対策だろう。強姦には汚れがつきものだ。嘔吐物《おうとぶつ》に血液に糞尿。その他もろもろの体液が飛び散る。

ウイスキーのロックを空にし、勇貴に断りを入れた。

「ちょっと、お手洗いに行ってくる」

「おっと、さっきみたいに転ばないように」

「大丈夫」

立ち上がろうとする前に、勇貴が耳打ちしてきた。彼は上座の間仕切りのほうを顎で指す。

「もし飲みすぎたときは、あっちにもうひとつ座敷席があるから、そっちで休むといいよ」

美桜は表情に気をつけた。さっきの副代表のように、素の自分が出ないように心がけつつ、勇貴に礼を述べた。

「気を使ってくれるんだ。ありがとう。でも、まだ平気」

わずかにふらついてみせ、酔っ払ったフリをしつつ宴会場を出た。酔いのせいではないが、吐き気がこみあげてくる。

美桜自身も犯罪にいくつも手を染めてきた。とてもクリーンな身とはいえないが、強姦魔と飲む酒がうまいわけがない。幇間《ほうかん》を演じてきた勇貴も、下半身だけは嘘がつけないのか、ハーフパンツの股間を膨らませていた。

店のサンダルを履き、勇貴が親切に教えてくれた座敷席へと近寄ってみた。引き戸を開けて、なかを覗いてみると、すでに三人の先客がいた。アルコール増量のドリンクが効いてきたのか、女たちはテーブルに突っ伏して寝こみ、あるいは畳のうえに横たわっていた。

ここがヤリ部屋となるのだろう。引き戸をゆっくりと閉めて、トイレへと向かう。サークルの計画はおおむね把握できた。被害者となる女たちは気の毒としか言いようがない。しかし、美桜がやるべき役目は、サークルの非道な犯行現場を押さえることだった。

トイレの洗面所で、ハンカチを濡らして首筋をぬぐい、体内の熱を冷ました。

水道の水をたらふく飲み、血中のアルコール濃度の上昇をふせぐ。宴会では、勇貴やメンバーたちが、水やソフトドリンクを飲ませまいと心を砕いていた。便所の水道水とはいえ、やけにおいしい。

一服入れてからトイレを出た。居酒屋の玄関から、新たなメンバーが入ってきた。色黒のサーファー風で、ふたりの女子大生を持参してきた。どこかで一杯ひっかけてきたのか、アルコールの臭いを漂わせ、女たちは騒々しかった。

だが、女のひとりが美桜を見るなり黙りこくった。

「うっ」

美桜は小さくうめいた。

ショートボブの黒髪、大きな笑くぼと理知的な目をした若い女だった。見覚えのあるツラだ。慶陵大学の同じゼミ生で、白井樹里《しらいじゅり》だ。樹里も美桜とわかって、目を丸くしている。

「朝比奈さ――」

「偶然だね！　びっくりした！」

美桜はひときわ大きな声をあげ、樹里の声をかき消した。

「なになにどうしたの？　知り合い？」

男が興味深そうに割って入ってきた。美桜が先に答える。

「小西玲菜です！　私は横浜の女子大に通ってるんですけど、白井さんとはバイト先が同じで」

男に自己紹介をしながら、樹里に目で訴えた。

彼女はゼミのなかでも成績がよく、頭の回転が速い女だ。美桜の登場に目を白黒させていたが、名前から経歴まで嘘を滔々《とうとう》と口にするのを耳にし、話を合わせてくれた。

「そうそう。びっくりしたよー。ここのメンバーだったの？」

「はじめてなんだけど、こんなとこで会えるなんて」

「そうだった、小西さん。いいところで会った。ちょっとバイトのシフトの件なんだけど。すみません、ちょっと内輪の話になっちゃって。先に行っててください。すぐに追いつきますから」

樹里は機転を利かせ、男らを先に行かせてくれた。

美桜らは店を出た。同時に礼を述べる。

「ありがとう。助かった」

「朝比奈さん、あなたみたいな人がどうしてこんなところに」

樹里が早口で尋ねながら、不思議そうに美桜の恰好を見回した。無理もなかった。

慶陵大学に通うときは、白を基調としたワンピースやブラウスといったお嬢様スタイルで通している。今は地方出身の平凡な学生を装うため、量販店で買った黒のTシャツとスキニーデニム、靴は安めのスニーカーを履いていた。

小西玲菜から朝比奈美桜へと仮面をつけ替えた。

「じつはその……うちがああいう家だから、なかなか遊ぶ機会がなくて。一度、クラブとか来てみたかったの。だから、友達に頼みこんで学生証を借りて……」

「そうだったんだ。朝比奈さんみたいなランク上の人が、どうしてこんなところにって、すごくびっくりしたけど。やっぱり、上の人は上の人なりに大変なんだね」

樹里は納得してくれたようだった。〝ランク上〟や〝位が高い〟といった言葉は、日常的に投げつけられるため、とくに腹は立たない。樹里の言葉にも、嫌味ったらしさは感じられない。

慶陵大学には小学校からエスカレーター式で進学してきた附属組や、規格外な金持ちの子女が多く通っている。独特のヒエラルキーが形成されており、格付けがあるのも事実だった。

美桜の学生仲間のなかには、親のカネでポルシェやフェラーリを当たり前のように乗り回し、地方から出てきた苦学生や中流家庭の出身者を、平民などとさらりと言ってのけるボンボンがいる。

樹里は胸を叩いた。

「心配しなくていいよ。誰にも喋ったりしないから。小西玲菜さんね。うっかりすると、朝比奈さんって呼びかけちゃいそう」

「ありがとう。父や兄の耳に入ったら、とんでもないことになるから」

ほっと胸をなで下ろしてみせた。

しかし、安心はまったくできない。樹里もすでに飲んでいるらしく、顔はアルコールでまっ赤だった。ゼミで会うときは、アナウンサーみたいにハキハキとした声で発言するが、今は少しロレツがあやしい。

美桜はおそるおそる尋ねた。

「白井さんこそ、ここのメンバーなの？」

「私もはじめて。近くの相席居酒屋でタダ酒飲んでたら、さっきの男に誘われて。東大生とか一流企業の社員とコネが作れるっていうから、友達とついてきたんだけどね」

しばし迷ってから告げた。

「あの……なんとなくだけど、このサークル、ちょっと注意したほうがいいかもしれない」

樹里は真顔になった。デキる女だけに、言葉の意味を理解してくれたようだった。

「なにかされた？」

「まだ、とくには。雰囲気は悪くないんだけど、とにかく水とかジュースは飲ませないで、ひたすらお酒をどんどん勧めてくるの」

困り顔を作って伝えた。

同じゼミ生のよしみで、強姦集団だと、きっぱり伝えたかったが、初めて訪れたお嬢様学生がそこまで知り得るはずもない。

「ヤリサーなんだ……まいったな」

樹里は腕時計に目を落とした。十時を回ったところだ。「友達にも伝えとく。あと一時間もしたら、終電だからとか言って抜け出すよ。ありがとう」

「私の勘違いかもしれないけど……」

顎に手をやって、考えこむような仕草をして見せた。

「朝比奈さん、あなたも気をつけて」

「うん」

彼女とともに宴会場へと戻った。

相変わらず騒々しかったが、急激に女子大生から活気が失われつつあった。ある者はスカートを穿《は》いているのに股を開いて座り、またある者は男の肩に頭を預けている。火酒増量の効果はてきめんだ。

帰る学生は見かけなかったが、空席がポツポツと発生している。つまりは、隣の〝休憩室〟に運ばれた者もいるようだ。あの南の姿とバックパックが見当たらない。

それ自体は想定内の展開だが、樹里との遭遇はいかにもまずかった。彼女とその友人らは上座に招かれ、福本と乾杯をしている。福本の両隣にいた女たちは、すでに姿を消していた――〝休憩室〟に運ばれたのだろう。

樹里が選んだのは、氷がぎっしりつまった青りんごの酎ハイだ。ジョッキはよく冷えているようで、結露でたくさんの汗を滴《したた》らせている。しっかりとした女ではあるが、人たらしの福本が相手では、分が悪いように思えてならない。

「玲菜ちゃん。テキーラ、ショットで飲んでみない?」

勇貴がまたろくでもない提案をしてきた。周りの男たちが、まるで総会屋のごとく、有無を言わさぬ調子で賛意を示す。

「えー、それってすごく強いお酒でしょう?」

「ただのゲームだよ。蒸留酒だからカロリーも低いし、レモンと一緒に飲むと超うまいから」

「うーん、みんなも飲むんだったらいいけど……」

美桜は、場に流されやすい気弱な女に徹した。

勇貴らもかなり酒を摂取し、理性のタガが外れてしまったのか、潰し方もより露骨になってきた。終電前に潰してやるという悪意を肌で感じる。もう飲めないよと、拒否する女の声を無視し、店員にショットグラスとテキーラのボトルを運ばせてきた。勇貴の周りにいる学生は、ゲームへの強制参加を余儀なくされた。

「かんぱーい！」

スライスレモンを齧《かじ》り、ショットのテキーラをあおった。ときおり、樹里が不安げな視線をこちらに向けてくるのがわかった。

露骨にならざるを得ないのは、美桜も同じだった。野宮と柴には、大口を叩きまくり、こんな仕事は役不足だとブーたれたのだ。ここで助けを呼ぶくらいなら、肝臓が壊れるまで飲むほうがマシだ。あとは野となれ山となれだ。

しかし、最低でも樹里の無事を確保してやらなければ、いずれ事件化したときに、美桜までが大学や警察に知られる恐れがあった。立派なプロになるどころか、入口でつまずくことになる。

「かんぱーい！」

五杯目のテキーラを空け、ショットグラスをテーブルにそっと置いた。

女たちは脱落し、ある者は吐き気をこらえてトイレへと駆けていった。男どももグロッキー状態となり、頭をふらつかせている者もいる。

勇貴はそのなかでも頑丈だったらしいが、一次会のときからノンストップで飲み続けたのが影響したのか、勢いよくショットグラスをテーブルに叩きつけたものの、目からギラギラした輝きが失せつつあった。ちょっと前まで股間にテントを張っていたが、それもいつの間にかしぼんでいる。

「つ、強いんだね。玲菜ちゃん」

「そんなことないよー。もう顔がポカポカして。もっと飲んだら、家に帰れなくなっちゃう」

勇貴はチェイサーの氷水に手を伸ばした。

美桜はそれを先にひったくると、氷水を喉を鳴らして胃に流しこんだ。彼はエサを取り上げられた柴犬みたいに、情けない顔を見せる。

「でも、レモンと一緒に飲むと甘くておいしいね」

ボトルを手に取ると、勇貴のショットグラスになみなみと注いでやった。彼は酌をする余裕がなくなったのか、虚《うつ》ろな目でじっと火酒を見つめるだけだった。美桜は自分のグラスを再びテキーラで満たす。

「だらしねえぞ、勇貴」「うちのサークルに泥塗る気か?」

顎鬚の男を筆頭に、下座にいたメンバーらが、顔をまっ赤にして檄《げき》を飛ばした。勇貴はショットグラスを掲げたが、まっすぐに持ち上げられず、酒がこぼれ落ちる。

「みんなも飲もう。こんなにおいしかったんだね」

顎鬚の男にも、テキーラ入りのショットグラスを渡した。

「おもしれえじゃねえか」

彼は挑みかかるように歯を剝いた。

顎髭の男は汗だくになりながらも、長袖のTシャツを着用していたが、二の腕が露《あらわ》になるまで袖をまくった。

手首のあたりまで、びっしりと洋柄の悪《ワル》そうなタトゥーが入っており、女たちは目を見開いた。周囲がドン引きしているのにも気づかないこと自体、すでに酔いが回っている証拠だ。

「せ、先輩」

勇貴が慌てて顎髭の男の袖を元に戻した。

飲み比べの勝負は、ほぼ先が見えていた。朝比奈家の一族は異様に酒が強く、なかなか酔わないがゆえに、酒を水のように飲み続けてきた歴史がある。それゆえ、父は愛人宅で激しい腹痛を訴えて、急性膵炎《すいえん》で病院に運ばれた。

テキーラを口に含んだ。アロエのような薄い甘みが広がると、口内がカッと熱くなり、火酒は食道を滑って胃に落ちていった。香りと熱風が鼻を駆け抜けていく。

ショットグラスを静かに置き、勇貴や顎髭の男に同じく空けるように促した。彼らはお猪口《ちょこ》のようなサイズのグラスに注がれた液体に、ひるんだ様子でいたが、意を決したように一気に空け、下座にいた男たちも後に続いた。

男のひとりが口を押さえて咳きこみ、頬をリスみたいに膨らませて、宴会場の外へと駆けていった。みっともない敗走ぶりだったが、誰も嘲笑ったりはしなかった。勇貴や顎髭の男は疲れ切った目で、仲間の背中をぼんやりと見つめるだけだった。

「まだ飲める？」

親しげに勇貴の肩を叩きつつ、ショットグラスにテキーラを順番に注いでやる。

勇貴も顎髭の男もうなずいたが、グラスの縁ギリギリにまで満ちた透明な液体を、恨めしげに見やるだけだった。

「かんぱーい」

美桜が音頭を取って、ショットグラスを掲げた。

男たちを支えるのは意地と性欲だった。美桜を落としてやってやるというどす黒い意志が、彼らを支えている。勇貴は手を震わせながらも、ショットグラスを握った。中身のテキーラがこぼれ、彼の手を濡らす。

勇貴はテキーラをぐいっとやり、きれいにショットグラスを空けた。しかし、彼はノコギリで斬られた大木みたいに倒れていった。

「も、もうダメ……」

「だ、大丈夫？　あんまりおいしいもんだから、つい……みんなもお水やジュースとかにしたほうがいいかも」

美桜は顎髭の男をちらっと見やった。彼は屈辱と受け取ったようで目を吊り上げる。

「ジュースだ？　冗談じゃねえ」

彼はジッポでタバコに火をつけ、矢継ぎ早にスパスパやると、ショットグラスを摑んで、気合もろとも中身を空けた。

顎髭の男は勝ち誇った顔で美桜を睨みつけたが、激しく咳きこむと、口や鼻からテキーラを飛び散らせた。火酒をうっかり気管に流しこんだらしい。

「きたなーい！」「ダメじゃん！」

酔っぱらった女たちが、爆笑しながら顎髭の男と距離を取った。

メンバーたちがおしぼりを持って、男の顔をぬぐい、背中をさすった。介抱のために宴会場を出て、トイレへと連行していく。なるべく邪魔になりそうな男を潰したかった。

「あれっ」

美桜は上座のほうを見やった。福本と樹里の姿がない。

勝負に熱中するあまり、彼らがいなくなるのに気づかなかった。

樹里が連れてきた女も含め、上座にいた幹部連中が、ごっそり姿を消していた。

4

宴会場を出ると、足をふらつかせた。

口を半開きにして、ゾンビみたいに気だるげに歩いた。宴会場の隣にある〝休憩室〟に足を向ける。

「トイレならあっちだぞ」

〝休憩室〟の前には、副代表の南が仁王立ちしていた。腕組みをして、美桜を見下ろした。

辛そうに首を振って見せる。

「ちょっと、飲みすぎてしまって……」

南は鼻で笑った。

「さっきは勇貴ら相手に、えらい飲みっぷりだったそうじゃないか」

「お酒が、あんまりおいしくて」

南の分厚い身体にもたれかかった。

反射的に胃袋が蠢《うごめ》いた。彼の身体からは、アルコールだけでなく精液の臭いがした。本当に気分が悪くなって吐きそうになる。

両肩を大きな手で摑まれた。

「じゃあ、ちょっと休んでけよ」

南のニヤケ面を確かめると、右腕に力をこめてローブローを放った。

右拳に柔らかな睾丸の感触が伝わった。南は目がこぼれ落ちそうなほど大きく見開く。

「てめえ……なんだ」

ジーンズのポケットに手を突っこみ、タクティカルペンを取り出した。ボールペンとして使用できるが、いざとなればアルミニウム製の刺突用の武器に使える。

左手に持ったタクティカルペンで、南のこめかみや耳の後ろを突いた。

最後に、急所である鼻の下に右ストレートを見舞う。ズタズタに唇を切った南は、血を口から滴らせながら崩れ落ちる。不意討ちは美桜の十八番だ。

南が穿いていたカーゴパンツのヒップポケットに、ウォッカの酒瓶が突っこまれてある。例のポーランド製のウォッカだ。中身が三分の二にまで減っている。それを奪い取って、〝休憩室〟の引き戸をそっと開ける。

約八畳の和室には、ブルーシートが敷かれてあった。嘔吐物の臭いが鼻に届く。小西玲菜の仮面を取り、心を引き締めた。

室内は暗かったが、予想どおりの光景が広がっていた。酔い潰れた女らのうえに、複数の男たちがのしかかり、下半身を丸出しにして、芋虫みたいにうごめいている。

宴会場の騒がしさとは対照的に、すすり泣きや嗚咽《おえつ》が聞こえた。それに押し殺した怒声だ。

「なに泣いてんだよ。おれと和めねえってのか？」

腰を振っている男のひとりは福本だった。

彼は宴会場でこそ癒やし系に徹し、柔和な笑顔をふり撒《ま》いていたが、こっちではドスのきいた声で脅しつけながら女を犯している。

有名サークルの代表で、読モまでしていた福本のような二枚目が、なぜこうも危険を冒してまで強姦に走るのか。女などいくらでも寄ってくるだろうに。

悪行の現場を目撃し、福本という男が少しだけ理解できたような気がした。美桜と同じく、危険に身を置かなければ満足できない性質《タチ》なのだろう。レイプじゃないと興奮しない倒錯者なだけかもしれない。福本は抵抗できない女の頬を、ときおり面白がって引っぱたいていた。

美桜は息を呑んだ。福本に犯されているのは樹里の友人だった。樹里の姿を捜す。

彼女は福本の隣にいた。ブルーシートのうえで跪《ひざまず》き、背中を丸めて、身を伏せていた。男にのしかかられている様子はないが、悪酔いしたのか、あるいは暴力でも振るわれたのか……。

美桜は顔をしかめた。

「なるほどね」

引き戸を開けると、ウォッカの酒瓶を手にぶら下げて、〝休憩室〟に踏みこんだ。酔っ払いやゾンビの演技も必要ない。

「えー、なになに。玲菜ちゃん、どうしちゃったの?」

福本が明るく弾んだ口調で尋ねた。

彼のような狸《たぬき》でも、美桜の来襲は想定外だったらしい。眼光がやたら鋭く、面構えはリンチに励むヤクザみたいに凶悪なままだった。華奢な体型に似合わず、ペニスのサイズは気味が悪くなるほど大きい。

「あんたが生粋のサド野郎なのはわかったから、もう演技はいいよ、かったるい」

美桜は樹里にも冷たく告げた。

「あんたにも言ってんだよ。なにが〝はじめて〟だ。どいつもこいつも嘘まみれだ」

樹里の手には携帯端末があった。美桜は見誤っていたのだ。この同期生は憐れな生贄《いけにえ》だと。

樹里は、福本らと同じく生贄を喰らうほうだった。携帯端末の液晶画面には、録画モードを示す赤い光が点滅している。最近の強姦は、被害者の口を封じるための動画撮影が欠かせないのだ。

彼女は撮影係に徹していた。友人をここへ誘ったのも樹里だろう。同性の友人が一緒であれば、警戒心はぐっと下がるものだ。優秀な勧誘員として腕を振るってきたのだろう。

樹里は目を丸くしていた。

「あなた……本当に朝比奈さんなの？」

福本が膝立ちになって、美桜を睨みつけてきた。今度はドスの利いた低い声だ。

「嘘はてめえも同じだろうが。大物政治家の娘だって聞い――」

酒瓶を振って、ウォッカを福本の顔面に浴びせた。福本は痛みを訴えて顔を押さえる。強姦に励んでいた男たちが、お楽しみを邪魔した美桜に襲いかかろうと、肩をいからせる。

高濃度のアルコールが肌にしみたらしく、福本は痛みを訴えて顔を押さえる。強姦に

ジッポで火を灯した。顎髭の男が持っていたものだ。それを福本へと放る。そのウォッカは火気厳禁の危険物だ。福本の身体は炎に包まれ、頭髪がオレンジ色に焼けて縮む。

メンバーたちは美桜の相手どころではなくなった。彼の身体を叩き、嘔吐物の入ったバケツをかけ、火消しに追われた。ウォッカは彼の衣服にも染みわたり、ブルーシートのうえを転がってもなかなかしぶとく燃え続けた。

「ちょうどいいや。それもらうよ」

美桜は前に進み、樹里の手から携帯端末を奪い取った。

与えられた任務は、外道どもの悪行の証拠を摑むことだ。撮影係である彼女の携帯端末には、それがいくつもつまっていることだろう。〝休憩室〟を後にする。

「なにしてる！　面倒はごめんだぞ！」

作務衣《さむえ》姿の店員が、包丁を手にしながら通路を駆けてきた。

返答をする代わりに、タクティカルペンを振るった。ペン先が店員の頬骨に当たり、岩石を突いたような固い音がした。店員はうずくまり、美桜はその横を通り過ぎる。

騒ぎを知ったメンバーらが、宴会場を出てきた。しかし、誰もが酒で朦朧としており、足どりもひどく頼りなかった。連中を置き去りにして店を出た。雑居ビルの階段を駆け上る。

「待って！」

階段を上りきったところで、下から声をかけられた。声の主は樹里だったので足を止めた。

彼女の携帯端末を見せつける。

「こうして尻尾を摑まれた以上、ペラペラ喋るとは思えないけど、私の正体をまた誰かに話したら、あのサド野郎みたいに生きたまま焼くよ」

「あんた、なんなのよ！」

樹里は、息を切らせながら階段を上ってきた。悔しそうに手を震わせる。

「それは、こっちのセリフだよ」

「あんたは貴族じゃない！　カネに困ることなんかないし、将来だって約束されてる！　なんだって、こんなところにまで出しゃばるの！　なんなのよ！」

舌打ちをした。

物心ついたころから、一方的に羨ましがられ、嫉妬されて生きてきた。とくに樹里のような人間から。稼ぎの悪い親を頼れず、汗水流してバイトをし、携帯端末を手に入れても、月々の通信費にも事欠くタイプだ。

貴族と勘違いしているボンボンよりもずっとタフで、食事を一食浮かせるため、相席居酒屋で酔っ払ったおっさんの相手をし、教材を揃えるために身を削る。

この手の連中には、好きで朝比奈家に生まれたのではないのだと、いくら説明したところで通じた例がない。

「スマホ返せ！」

樹里が摑みかかってきた。

カウンター気味に頭突きを放った。美桜の額が彼女の鼻を潰した。鼻骨を砕く感触が額を通じて伝わる。

「来いよ」

反撃を期待したが、樹里は涙と鼻血を流し、路上でうずくまるだけだった。

5

松濤《しょうとう》の閑静なエリアまで歩き、道端に停まっているベントレーのドアを開けた。後部座席に乗りこむ。

運転席の柴がぼやいた。

美桜は運転席のシートに蹴りを入れた。柴はベントレーを走らせる。

「臭うな」

隣にはスカートスーツ姿の野宮がいた。彼女に携帯端末を放る。

「やっぱ、楽な仕事だった」

「さすがね！　あなたに任せてよかった！」

携帯端末を愛《いと》おしそうに抱えた。

美桜は画面ロックのパスワードを伝えた。樹里に頭突きを喰らわせた後、何度か蹴りを入れて白状させたのだ。

野宮が携帯端末を操作すると、男たちの怒声や耳障りな笑い声、それに女の悲鳴がスピーカーから流れた。液晶画面には、福本とその仲間が強姦に励む動画が映し出される。

「動画ファイルや写真も山ほど入ってる。レアな逸品よ」

「問題がひとつある。それを撮ったやつ、大学の同期生だった。表沙汰になると、兄や家に知られるかもしれない」

美桜はため息をついた。

「表沙汰にはならないわ。身バレもしない」

「なんでよ」

野宮を見やった。液晶画面の青白い光が、彼女の顔を冷たく照らす。

「代表の福本君、お父様が警察の偉い人だから。今は愛知県警の本部長よ」

野宮は約束通りに教えてくれた。依頼者は、日本最大の暴力団である華岡組の二次団体だという。神戸を本拠地としている西勘《さいかん》組だ。

「『アクティビティ』の強姦魔たちは、ヤクザのエサとなって、残りの人生を過ごしてもらう。福本君のお父様も、これだけ息子がどうしようもない鬼畜だと、西勘組と仲良くせざるを得なくなるってわけ」

「話が見えないんだけど」

「つまりね」

野宮の話によれば、華岡組は一枚岩とはいえない状況にあるという。

西勘組を中心とした関西勢と、中京勢の琢真会が睨みあっている。愛知県警のトップの弱みを掌握するのは、琢真会の動きやアジトを押さえるようなものだ。

華岡組の首領《ドン》である琢磨栄は、出身母体の琢真会と中京勢を優遇し続けた。冷や飯を食わされていた西勘組は、親分の寝首を掻こうと画策している。

裏社会の勢力図の塗り替えに、『NAS』が深く関わっていた。強姦サークルの潜入調査に、まさかそんな陰謀が隠されていようとは。あまりにスケールが大きく、ホラ話にすら思えた。

ただし、理解できたこともあった。加害者も被害者も口を閉ざして生きなければならないということだ。

「つまり、あんたらのスパイ工作を手伝ったってことか。なんにしろ、女たちは救われないんだね」

野宮が見つめ返してきた。

ヘラヘラと笑ってばかりいる女だが、その瞳には吸いこまれそうな暗黒があった。

「ここで引き返す？」

ミニ冷蔵庫からペットボトルを取り出し、フタを開けて口に含んだ。冷えたミネラルウォーターが身体にしみわたる。

「んなわけないじゃん」

「嬉しい。次は、もっとヒリヒリする仕事を用意するから」

「上等だよ」

冷たい水がやけに苦く感じられた。

――あんた、なんなのよ！

樹里の声が頭のなかにこびりついていたが、己に言い聞かせるように呟いた。

「上等だよ。マジ楽しみ」

Ⅳ　ノーシェルター

1

有道了慈の鼻に蹴りが当たった。

バックステップしてかわしたつもりだったが、徳山冷壱《とくやまれいいち》の右脚が、予想以上に伸びてきたのだ。鼻の奥がツンと痛み、鼻血が口にまで流れ落ちる。

「きよ、教官。大丈夫でっか？」

当の徳山が不安そうに訊く。有道は手に巻いたバンデージで鼻血を拭って怒鳴り返した。

「おいコラ、てめえ、ヤー公のくせに敵の容体気づかうのか。遊びじゃねえって言ってんだろが！」

有道は、鼻血混じりの唾を徳山に吐いた。徳山が着ていた迷彩の戦闘服が霧状の赤い唾液で汚れる。

徳山ら四名の男たちを睨みつけた。

「六角の代紋なんてでけえ顔してるわりには、戦争のやり方忘れたタマナシばかりかよ。

鼻血でおたつく程度の喧嘩しかしたことねえのか。西の田舎者どもは」

無茶苦茶な罵声を浴びせると、男たちの身体から怒気が一気に噴き出した。

さすがに言い過ぎたかも。心のなかで呟いたが、後には引けない。どのみち、男たちの本音を引き出す必要があったのだ。

「ちょ、調子に乗んのも大概にしやあよ」

豊橋泰三《とよはしたいぞう》が、目を血走らせて名古屋弁で吠えた。

彼は、中京一帯の暴走族を束ねていた元総長だけに、ひときわ血の気が多そうだった。長距離走者みたいに痩せた身体つきをしているが、生粋の喧嘩屋として名古屋のアウトローでは知らぬ者はいないという。

「お前に教わることなんかありゃせんわ。この場で叩き殺したるわ！」

豊橋が拳を振り上げて向かってきた。しかし、徳山が間に割って入り、有道を冷ややかに見つめる。

「教官、おれらを嘲笑うんはかまいませんけど、代紋をコケにすんのはやめとくんなはれ。あんたから教えを乞うよう上から命じられてますけど、それを全部ワヤにしてでも、あんたにケジメつけさせせんとあかんようになります」

「つけさせてみろよ、そのケジメとやらを――」

徳山が前蹴《アプチャギ》りを放ってきた。稲妻のような速さで、有道の顔面を狙ってくる。

テコンドーの猛者《もさ》だけあって、関節の柔らかさは常人離れしていた。高々と振り上げられた足は、急所の眉間に迫ってきた。自殺行為にも等しい挑発をした甲斐があったというものだ。

徳山ほどでないにしろ、有道もそれなりに身体の柔軟性を維持している。背中をのけぞらせ、ボクシング流のスウェイバックでかわす。

徳山のつま先が額の皮膚をかすめたが、前蹴りをかわすと、有道は一転して前かがみになり、徳山の軸足である左脚にタックルをしかけた――両腕を頭のうえにかざしながら。

有道の予測は的中した。真上から鉄パイプでも振り下ろされたような衝撃が走る。

徳山の実家は大阪で氷屋を経営していたらしく、冷壱なる変わった名前も本名だった。名は体を表すらしく、ヤクザらしからぬクールな態度を崩さなかったが、内には炎のような激情を秘めているようだ。

彼は前蹴りをよけられると、右足を振り下ろして、踵落《ネリヨチャギ》としを放ってきた。加減のない一撃だ。踵《かかと》は金属の塊のように重く、両腕でカバーしていなければ、頭頂部を叩き割られていただろう。

踵落《ネリヨチャギ》としをブロックしつつ、徳山の左脛に額から突進した。弁慶の泣き所に頭突きをかまされ、徳山は身体のバランスを崩して倒れた。

　有道は、すかさず徳山のうえに覆いかぶさると同時に、手に巻いていたバンデージをほどいて、徳山の首に巻きつけて絞め上げる。二枚目の徳山だったが、驚きと苦しみで目を丸くし、唇の端からヨダレを垂らしてもがいた。有道の肩にタップして、降参のジェスチャーをする。

「やればできるじゃねえか。いい蹴《チャ》り《ギ》かましやがって」

　額を生温かい液体が伝った。巻き直したバンデージで拭うと、血がべっとりとついた。

　徳山のキックは、有道の額を傷つけ、前腕を痺れさせた。泣く子も黙る六角の代紋の構成員——日本最大の関西系暴力団である華岡組系の極道たちだ。

　すばやく立ち上がると深呼吸をひとつした。八ヶ岳の木々は赤や黄色と鮮やかな色に染まり、早くも冬を感じさせる冷気が、火照《ほて》った身体にはちょうどよかった。

　本来なら紅葉《もみじ》狩《が》りでもして楽しみたいところだが、なぜか今は敵の兵隊と血と汗にまみれて熱血指導に追われていた。

　徳山の次は豊橋と向きあった。

「叩き殺してやるとほざいたな。この味噌《みそ》カツ野郎。ケツに手羽先をねじこんでやる」

　我ながら支離滅裂な罵倒だったが、豊橋には効果絶大のようだ。まだ二十代前半だろう。血気盛んな若者は、野球のピッチャーのように右拳を大きく振り上げる。

「このくそだーけが！」

豊橋は右パンチを放とうとするが、その前に左手が動いていた。彼の左手から砂が顔に飛んできた。有道は右手で両目をカバーし、彼の目潰し攻撃を防ぐ。

ルール無用の喧嘩屋らしいやり口で、右拳はフェイントというわけだ。徳山とやりあっている最中、豊橋がそれとなく地面に手をやるのを、視界の隅でとらえていた。

「喰らえ！」

豊橋は、さらに距離を縮めて足を振り上げてきた。

ためらいもなく睾丸を蹴り上げようとする。動きを読んでいた有道は、左足を引いて半身になり、股間蹴りをかわした。

格闘技やスポーツとは違い、ルール無用の戦いでは、急所の目玉と股間が勝負の行方を制する。

目潰しと股間蹴りの両方をかわされ、豊橋は顔を強張らせた。有道はお返しとばかりに、彼の睾丸に向けて左足を振り上げた。豊橋は両手で股間を守ろうとする。

蹴りがブロックされたとき、有道の右手は戦闘服のポケットにあった。お返しの股間蹴りはフェイントだ。ポケットから小瓶を取り出すと、なかのまっ赤な液体を豊橋の顔面に浴びせかけた。

「ぐわっ！」

豊橋はその場で両目をつむり、顔を苦痛に歪めて、今にも倒れそうに足をふらつかせた。顔面が涙や鼻水でぐしょぐしょに汚れる。

豊橋の尻を軽く叩いた。

「さっさと水道で顔を洗い流してこい」

「たわけが……汚《きたね》え真似しやがって」

中京出身の若いファイターは、捨てゼリフを吐いたが、まともに目を開けられないようだった。

「おい、取的《とりてき》。連れてってやれ」

豊橋の後ろにいた両国邦昭《りょうごくくにあき》に命じた。

彼は元力士の巨漢だ。豊橋の倍以上は体重がありそうで、身体も顔も丸々としていたが、目つきだけは刃物みたいに鋭い。

「誰が取的やて？」

「取的か関取かは、あとで実力を見てやる。今は仲間を診てやれ」

「偉そうに。殺したるぞ、われ」

両国はぶつぶつと文句を垂れながら、豊橋を軽々と担いで水道場へと歩んでいった。

両国は十両まで昇進した元関取だ。有望株の若手力士だったが、酒に酔って親方と兄弟子を殴って協会から追放された。地元大阪の繁華街で用心棒をしていたが、腕を見込まれて組織に拾われた暴れん坊だ。

「ホットソースですね」

佐久間哲郎《さくまてつろう》が感心したようにうなずいた。

「お前らが持てる数少ない武器《エモノ》だ。タクティカルペンでもカッターナイフでも警官《ポリ》は難癖つけてしょっ引くからな」

小瓶を振ってみせた。ただのホットソースではない。アメリカのニュージャージー州の会社が製造しているギネスブック級の激辛ソースだ。

ハバネロやジョロキアといった、もっとも辛い唐辛子を原料にし、爪楊枝《つまようじ》の先につけたソースを舐めただけで、口のなかで火事が起きる。目や顔に浴びれば、催涙スプレーと似たような悲惨な結果が待っている。

豊橋は砂を目潰しに使ったが、有道は皮膚もただれるような激辛ソースを使った。ルール無用のファイトでも、有道のほうに軍配があがったといえる。

「有道さん、いや教官。あなたは噂《うわさ》以上の人です。さすが『NAS』が誇る人間凶器だ」

「代紋にケチつけた男におべんちゃらか。情けねえハゲ野郎だ。タマをどこに置いてきた」

佐久間は禿頭をなで回した。

「一応、カタギだからですかね。盃《さかずき》をもらってるわけじゃないので、代紋といわれてもピンと来ない」

佐久間を慎重に観察した。

徳山らとは違い、あからさまに挑発しても、この中年男は乗ってこなかった。涼しげな表情を見せるだけだ。

彼の経歴に嘘はない。他の筋金入りとは異なり、いかつい顔つきこそしていたが、極道の匂いはあまりせず、話す言葉もきれいな標準語だ。民間軍事会社に所属していた元傭兵《ようへい》という。

ヤクザじゃねえから、余計にあやしいとも言えるんだよな。有道は心のなかで呟いた。かつては重量級の柔道家だったらしく、米国製のＳＵＶみたいに頑丈そうな肉体をマジマジと見つめた。

「なにか？」

佐久間は不思議そうな顔をした。有道は肩をすくめる。

「なんでもねえよ。煽り甲斐のねえ退屈な野郎だと思っただけさ」

「喧嘩のほうはユニークだと言われます」

佐久間は両手を高く振り上げ、有道の首筋に手刀を叩きこんできた。

「うおっ」

プロレス技のモンゴリアンチョップだ。とても実戦的とは呼べない攻撃方法だったが、虚をつかれた有道は慌てて両腕をあげ、前腕で手刀を受け止めた。今までの有道の戦いを目撃しながら、奇抜な技を仕かけてくるとは。なかなかの曲者《くせもの》といえた。

これは予想以上に骨が折れるかもしれねえ。拳を交えながら思う。

与えられた任務は、一見するとまっとうで楽に映った。腕自慢の男たちに、さらに有道流の喧嘩術を伝授し、一流の兵士に仕立て上げる。拳銃だの爆発物とも無縁で、犯罪絡みの依頼でもない。生徒たちはやる気に満ちており、根性も備わっている。

このなかに、有道の首を獲ろうとする殺し屋が混じってさえいなければ、男前な連中といい汗を流せたと、素直に感動したかもしれなかった。

2

「あ?　誰を鍛えてほしいだと?」

有道はコーヒーをすすりながら尋ねた。

「華岡組の企業舎弟《フロント》」

綾子はあっさり答えた。

彼女の顔を数秒間、じっくり見つめた後、陶器製のコーヒーカップを握って砕いた。

熱いコーヒーが手を濡らし、テーブルとソーサーを汚す。

　秘書役の柴が顔をしかめた。

「なんのパフォーマンスだ、バカ」

「バカはてめえらだ！　華岡組だと？　どういうつもりだ、連中は敵じゃねえのか」

「どういうつもりだ、そのカップはハンガリー製の高級品だぞ。お前の給料から引いておくからな。社長、次からは紙コップに水道水でかまわんでしょう。こんな単細胞にはインスタントコーヒーすらもったいない」

「この野郎……」

　ソーサーをテーブルの角で割ると、刃物代わりにして握り、応接セットのソファから立ち上がった。柴がせせら笑う。

「今月の給与明細を見て驚くなよ」

　綾子が手を叩いて止めた。

「はいはい。あなたたちの仲のよさはわかったから、いがみ合いはそれぐらいにして、お話を聞いてくださる？　仕事がうまく行ったら、カップ代は勘弁してあげるから」

　柴をしばらく睨みつけてから、再びソファに腰かけた。コーヒーまみれの手をハンカチで拭いながら尋ねる。

「いつから華岡組と手打ちしたんだ」

有道らが所属する『ＮＡＳヒューマンサービス』は、金次第では暴力団からの依頼も平気で引き受け、犯罪絡みの仕事もこなす。

最近はなにかと華岡組と対立し、ときには下部組織の親分のメンツを潰した。警察とひそかに手を組んで、彼らの裏カジノを崩壊に追いやったときもあれば、華岡組の秘密警察といわれる裏の実行部隊と矛を交えたこともあった。有道はヒットマンを殺害すらしている。

天下の華岡組にしてみれば、『ＮＡＳ』は不倶戴天《ふぐたいてん》の敵であり、組長の琢磨栄は、社長の綾子や有道の首に懸賞金をかけているという。そんな巨大暴力団が『ＮＡＳ』に仕事を依頼するなど考えられなかった。

綾子は首を横に振った。

「手打ちなんかしてないわ。琢磨はうちを目の仇《かたき》にしていて、和解しようとは露ほども考えてないみたい」

「なんだそりゃ。話がちっとも見えねえぞ」

綾子はソーサーの破片に目をやった。

「割れるのよ。六角の代紋が、そのお皿みたいに」

「ええ!?」

思わず大声をあげた。柴が嫌みったらしく耳の穴をふさぐ。

「食器割ったり、大声あげたり。やかましい男だ」

「声をあげずにいられるかっての。そんな話聞いてねえぞ」

綾子が口に人差し指をあてた。

「そりゃ華岡組内でも極秘の話だもの。表沙汰になったらまずい話だから、声のボリュームを下げてね」

「割れるって……関西と中京か」

「そういうこと。話が早くて助かるわ」

オフのときはもっぱら沖縄の田舎にこもり、極道界だの裏社会だのと、物騒な話題を耳に入れず、釣りやシュノーケリングなどを愉しみながら過ごしている。

しかし、命を狙っている連中が相手となれば無関心ではいられない。沖縄県警のマル暴刑事や、知り合いの記者などを通じて、華岡組の動向はチェックしていたつもりだった。

名古屋を本拠地にしている琢磨栄が、華岡組の五代目の座に就いてから約十五年が経つ。かつては神戸をホームタウンとする名門の西勘組が組織の主流派であり続けたが、今の華岡組は名古屋を中心とした中京勢に牛耳られている。

組の運営を仕切る若頭も名古屋の人間で、琢磨の後継者といわれる人物も、やはり琢磨の出身母体である名古屋の琢真会会長と言われている。

いずれ首領の座は神戸や大阪に戻ってくる。そうタカをくっていた関西勢は、琢磨の露骨な身内固めに不満を募らせているという。そんな噂までは耳にしていた。

綾子はおしぼりを手にして、社長用のデスクから応接セットへ移動した。有道の対面に座る。

「信じられないのなら、あとで証拠を見せてあげる。血判状とか音声データとか。情報の出所は華岡組の直系組長で、愛知県警の本部長も事実を認めてるわ」

「直系組長に、県警の本部長だと？　どんだけ情報屋を飼ってるんだ」

「たくさん」

綾子は思わせぶりに笑うだけだった。

彼女は煮ても焼いても食えない女狐で、オスカー女優並みの演技力を持った役者だ。自分の目で見てきたかのように嘘までつける講談師でもある。これまでに何度煮え湯を呑まされたかわからない。

ただし、巨大暴力団相手に今日まで渡りあい、警察組織や厚労省麻薬取締部、広域暴力団の幹部など、表と裏に広大な情報網を築き上げているのは確かだ。抱えているスパイの数もハンパないだろう。そうでなければ、とっくに華岡組によって身柄をさらわれて慰み者にされるか、ミンチにされて魚のエサとなり果てていたはずだ。

有道はソーサーのカケラをつまんだ。

「うちに依頼をしてきたのは、華岡組を割って出る関西勢ってわけか」

「そういうこと。琢磨親分に盃突っ返して、関西勢が新たな組織を作ろうとしてるの」

綾子が依頼内容の詳細を話してくれた。

依頼者は、名古屋でキャバクラや金貸し、風俗店などを経営している『大東《だいとう》エンタープライズ』なる会社のオーナーだ。

西勘組は二次団体とはいえ、北海道から沖縄まで組織を持つ大組織だ。琢磨のお膝元である名古屋も例外ではなく、同社のオーナーは西勘組の幹部だ。

もし分裂が決定的となれば、同社が地元琢真会から狙い撃ちにされるのは火を見るよりも明らかで、社員は抗争の最前線に立たされることになる。

「敵の敵は味方っていうでしょ。うちが琢磨と対立しているのをよく知ってるから依頼をくれたの。血の気の多い巨大組織がぶつかり合うんだから、生き残りをかけた激しい戦いになるはず。当分は関西勢を応援するけど、戦況によっては遺恨を水に流して中京勢のヘルプに回るかもしれない。連中の金蔵がカラッポになるまで争わせるわ。あなたの借金だって瞬く間に消えて、逆にひと財産築けるかもしれない。この内部分裂はまたとないチャンスよ」

彼女は、最初こそ声をひそめていたが、やがて興奮した調子で話した。目を輝かせて語る姿は、有道をげんなりさせた。柴に目をやると、彼も困惑の表情を隠し切れていなかった。

この女ボスは、恐怖や不安といった感情を、母親の腹のなかに置き忘れてきたとしか思えない。危ない巨大暴力団を天秤にかけようとしていた。

柴が、コーヒーで汚れたテーブルを布巾で拭くと、書類が挟まったクリアファイルを置いた。

有道は書類に目を通した。徳山、豊橋、両国、佐久間……物騒な顔つきの社員たちを見やった。オーナーの護衛を務める彼らを、改めて鍛え直してほしいという内容だ。

華岡組からの依頼、それに巨大組織の分裂と、とんでもないニュースの連続に混乱したが、依頼の内容は兵隊どもの訓練という、危険度の低い仕事だった。

親分の護衛ともなると、警察から職務質問やボディチェックをしょっちゅう受ける。そこで拳銃だのを持っていれば、親分までが共同所持の罪で懲役を喰らいこむ時代だ。

護衛は武器の類を所持できず、それでいながら親分を守り抜かなければならないのだ。身の回りの日用品を使った格闘術、徒手でも敵を撃退できる方法など、ボディガードのイロハを叩きこんでくれという。抗争に加わってドンパチをやれだの、琢磨の庭である名古屋で護衛をやれといった、無茶な仕事ではないらしい。

「まあ……格闘訓練ならまっとうな仕事だ。断る理由はねえ」

書類を入念に読みこんだ末に答えた。ところが、綾子が急に真剣な表情になった。嫌な予感がした。

「訓練だけなんだろ？」

「そうだけど……問題がひとつあるの」

そら来やがった。ソファから立ち上がると、腹を抱えて背中を向ける。

「ちょっと失礼する。昨日、古いシメサバ食っちまってな。胃腸の調子が思わしくねえんだ」

社長室を後にしようとしたが、その前に手首をがっちり掴まれた。

反射的に振り払おうとしたが、綾子の手は金属製の手枷《てかせ》のようにびくともしない。ドアの前には、柴が立ちはだかった。

「放せよ。漏らしちまうだろ」

「ただの格闘訓練なら、わざわざエースのあなたを呼び寄せたりはしない。あなた以外にこなせる人が思い当たらないの。助けると思って、どうか話を聞いて」

綾子は甘えた声で懇願してきた。

その瞳には媚《こ》びるような色が浮かんでいたが、その奥には漆黒《しっこく》の闇が広がっている――お前に断る権利などありはしない。目がそう語っていた。

深々とため息をついた。

「なんだよ、問題ってのは」

「この四人のヤクザたち、西勘組のためなら命をかけるっていう忠義者ばかりらしいんだけど、スパイって可能性もあるらしいの」

「……西海警備保障《サイカイ》か」

彼女はうなずいた。

西海警備保障は、琢磨組長の親衛部隊とも言われ、巨大組織華岡組内で睨みを利かせる憲兵隊だ。有道のような元自衛官や、戦闘訓練を受けた暴力団員などで結成され、組員たちの監視やスパイ狩りを行い、琢磨の独裁体制を支えている裏の実行部隊だ。

連中の恐ろしさを、有道は昨年の夏に思い知らされている。同部隊の隊員は関東の有力組織に潜りこみ、すっかり若手組員になりすましては、親分と有道の命を虎視眈々《こしたんたん》と狙い続けた。その化けっぷりはCIAやモサドの諜報員顔負けだった。

西海警備保障の社長である別所忠道《べっしょただみち》は、下士官でしかなかった有道とは違い、防衛大学校出身の自衛隊のエリート幹部だったといわれる。

「あんた自慢の情報網も、西海だけは捉えきれないようだな」

「長いこと追ってはいるし、いずれ白黒つけるつもりだけど、まだはっきりしないところがあるのは確かね。愛知県警の協力のおかげで、この『大東エンタープライズ』に隊員が紛れこんでるって情報までは掴めたけど。依頼主のオーナーさんも心当たりが少なからずあるみたい。社内の機密情報が過去に琢真会側に漏れてたことがあったらしいから」

有道はソファに荒っぽく座り直した。

「なにが『問題がひとつあるの』だ。まるっきり仕事の内容が変わってくるじゃねえか。おれにスパイ狩りをやれってことだろうが」

「ここで怨敵の有道了慈が出てくるとなれば、あっちのスパイさんが黙っているとは思えない」

「さしずめ、おれは釣り針のエサだな」

「見事大物を釣り上げたら、報酬は弾むと言われてるわ。なにしろ、ここでスパイを駆除しておかなきゃ、本格的に組が割れたとき、オーナーさんはまっ先に寝首を掻かれるでしょうから」

ため息をつきながら、書類の男たちを見やった。

テコンドーの達人に元暴走族の総長、元傭兵に元関取と、武闘派な男たちの経歴が綴られていた。

3

「やつら、どう見えた」

有道は久保毅《くぼたけし》にひそひそと尋ねた。

久保は長野県内の食品製造販売会社の社員に化け、ロゴの入ったジャンパーを着用し、仕出し弁当の入ったダンボールを有道に渡した。

「困ったことに、全員あやしく見えましたよ」

久保はぼそっと口にした。彼は『ＮＡＳ』の古株で元保険調査員だ。うだつの上がらないサラリーマン風の五十男だが、詐病で保険金をだまし取ろうとする詐欺師やヤクザを相手にしてきた。目には刑事のような鋭さがある。

久保は有道の後方支援者だ。訓練場から離れた位置にあるミニバンから、疑わしい人物を見つけようと観察していた。

有道が裏社会の男たちをあえて挑発し、喧嘩ファイトを繰り広げているときも、久保は高性能の双眼鏡で男たちの動きに注目していた。

久保は軽トラックの荷台に戻り、新たなダンボールを有道に渡した。中身はペットボトル入りの水とスポーツドリンクだ。

宿泊所は元ペンションであって、業務用冷蔵庫や二升のメシが炊ける大型炊飯器もある。

しかし、毒を盛られる危険性を考慮し、訓練中の食事はすべてケータリングサービスでまかなうことにした。キッチンから包丁はもちろん、陶器の皿やグラスといった食器類も、すべて凶器になり得るために排除した。

久保は渋い顔で言った。

「前腕と腰、今ごろひどい痣《あざ》になってるでしょう。徳山の踵落《ネリヨチャギ》としに、あの相撲取りのサバ折り。遠くからでも殺意が伝わってきましたよ。ビンビンにね」

「あれだけヤクザ者を煽ればな」

昼間の格闘訓練では、罵倒や挑発をすればスパイの化けの皮がはがれるかと試してみたが、正体が特定できるほどの証拠が得られたとは言い難かった。

元関取の両国とも手を合わせたが、ベルトを褌《まわし》のように摑まれ、体重を上からかけられた。危うく腰を壊されかけたが、指による目潰しを喰らわせて難を逃れた。

たしかに極道たちは、殺す気で向かっては来たが、怒気で我を失ってもいた。だからこそ、有道は彼らに勝てたのだ。

「強いてあげれば、あの禿《は》げの元傭兵ですかね」

「ああ。野郎は冷静で隙がなかった」

銃撃戦にしろ、徒手格闘にしろ、冷静さを失ったほうが負けだ。佐久間だけは挑発に乗らず、そのためか勝負は長時間に亘《わた》った。

柔道と軍隊格闘術を習得した彼には打撃や立ち技が通じず、土にまみれての寝技勝負になった。佐久間もまたルールなしの戦い方をよく知っており、隙あれば目や股間を潰そうとし、口に親指を突っこんで裂こうとしてきた。有道が耳に嚙みついてタップさせたが、再戦となれば結果はわからない。筋金入りのプロだった。

西海警備保障は、暴力団というよりも軍隊や諜報組織のそれに近い。過去の衝突で思い知らされている。あの佐久間という男も、終始スマートに寝技を仕かけてくるなど、本人も公言していたが、ヤクザとは異なる匂いを漂わせていた。

久保は周囲を確かめてから携帯端末を取り出した。

「とはいえ、やはり全員あやしいことには変わらんです。両国には琢真会系の兄弟分がいるし、地元名古屋出身の豊橋にいたっては、じつの叔父が西勘組系だったので、そっちに所属してましたが、昔の仲間や先輩は地元琢真会系の組に所属してます。有道さんが戦ってる間、連中の荷物をチェックしてみましたがね、徳山はこんなもんを」

久保から携帯端末で動画を見せられた。

映っているのは、徳山のスポーツバッグだ。裏地にはペン一本分の穴が開いており、手袋をした久保が穴に指を入れると、なかからプラスチックの細い棒を取り出した。

思わず乾いた笑い声を漏らした。

「まったく、刑務所《ムショ》じゃあるまいし」

「武器やケータイの持ちこみは禁止のはずでしたよね」

動画の久保が手にしたのは、歯ブラシの先端を削って尖らせたプラスチック製の棒だ。

こんなものでも相手の腹や首を突き刺せば、死に至らしめる凶器となる。

徳山は少年院で青春を過ごした時期があり、そのときの経験が忘れられず、こんな暗器を持ち歩いているのだろう。

「年少あがりにはよくいるタイプだ。それにルールがあれば、とりあえず破ってみるのがヤクザってもんだしな」

「両国なんてこれですよ」

久保は携帯端末を操作し、画像を見せてくれた。

両国のキャリーバッグには与那国島《よなくにじま》産の花酒のボトルが入っていた。アルコール度数六十度を超える泡盛だ。たいして隠す気もないのか、南国の酒らしい派手なラベルがついている。

両国は相撲人生をフイにするほどの酒好きだ。こっそりやるために持ってきたのだろうが、布団にかけて火でもつければ宿泊所は大火事だ。

「いっそ拳銃《チャカ》や減音器《サプレッサー》でも持ってきてくれりゃ、すぐに正体がはっきりするんだが……これじゃなんとも言えねえな。あんがい長期戦になるかもしれん」

ダンボールを受け取って、元ペンションの建物へと戻った。

仕出しの料理とはいえ、エビチリやXO醬《ジャン》の炒め物、天然ぶりの照り焼きなど、中華から和食まで取りそろえた値の張る料理だ。教え子たちとの食事の時間となった。

さすがに肉体派の男たちだけあって、惚れ惚れする食べっぷりだった。十五人前を用意していたが、白飯や大量のおかずが瞬く間に減っていく。有道も負けじと口に放る。正直なところ、食欲があるとは言い難い。命を狙っている野郎と食卓を囲みながら、ガツガツやれるほど図太い神経を持っていない。

極道たちは顎と箸を休みなく動かしながら、ときおり冷ややかな目を彼に投げかけてくる。

とくに激辛ソースを喰らった豊橋と、目潰しをもらった両国は、両目をまっ赤にさせ、憤怒の気配まるだしでメシを食べていた。

正々堂々なファイトであれば、相手をハグして健闘を称えたくなるものだが、残念ながら競技の一種ではない。遺恨が残る腕比べとなった。ご馳走《ちそう》をたんと用意したが、重苦しい雰囲気は吹き飛ばない。

「しかし、教官。あんな戦い方をどこで見つけたのです？　いくら自衛隊でも、激辛ソースの使い方まで教えちゃくれんでしょう」

佐久間だけは気さくな態度のままだった。

他のメンバーと同じく大食漢だが、食物を胃につめこむというより、ゆっくり味わっていた。皮肉なことに、そんな彼こそが最有力容疑者ではあった。

「むろん、警察《カイシャ》に入ってからだ。お前らと同じで、気安く拳銃《チャカ》なんぞ持てない場面が多かった。同じ目潰しでも、砂よりは胡椒《こしょう》のほうが効くだろう。それを突きつめたら、海外のホットソースに行きついた。なぜか都内をうろつきゃ、やたらと職務質問《バンカケ》されるが、いくら難癖つける警官《ポリ》だって、調味料にまでは文句も言えねえ」

佐久間は右耳に触れた。有道に嚙まれ、今は絆創膏《ばんそうこう》を貼っている。

「どうりで懸賞金なんてつくわけです」

鼻で笑ってみせた。

「本当なのか。華岡組が、おれの首なんかに賞金までかけてるってのは」

「まあ……うまくぶっさらった者には三千万とは聞いてましたが」

「たったレンガ三つか。たいしたことねえな」

黙々と食事をしていた男たちが口を開いた。豊橋がにこりともせずに言う。

「おれは五千万と聞いとったわ」

「賞金がみるみるあがって、今は七千万にまでなったらしいで」

両国が血走った目を向けながら、ぶりの照り焼きをひと口で平らげてみせた。次はお前を喰らってやるといわんばかりの態度だ。

「上等じゃねえか」

もしかすると、こいつら全員が暗殺者なのではないか。

背中に冷たい汗が流れるのを感じながら、教官として余裕を見せながら食事を終えた。

早めに寝るよう教え子たちに告げ、二階の個室へと戻ると、すばやくドアを施錠した。ドアガードをかけ、サムターン回しによる不正開錠を防ぐためのカバーをかける。

サムターン回しとは、ドリルなどでドアに穴を開け、外から金具などを差しこんで、内側のつまみを回して侵入する手口だ。西海警備保障の殺し屋なら、ピッキングやバンピングなど、鍵をこじ開ける手段をいくらでも知っているだろう。

『NAS』の秘密アジトだけあって、部屋の窓は外からの侵入をふせぐために頑丈な鉄格子と防弾ガラス仕様だ。ハンマーはおろか、銃弾でも割れないほどの強度と厚みを持つ。

――おれの専門は殺しだよ。腕試しなんて性に合わない。

若い男の声が蘇った。西海警備保障の金城進《きんじようすすむ》の声だ。凄腕の暗殺者だった。

毛布を細長く丸めると、そのうえに布団をかけ、枕元にはやはり丸めた黒のスパッツを頭に見立てて置いた。ベッドで有道が眠っているかのように偽装する。

有道自身はクローゼットのなかに入り、別の毛布に包まると、クローゼットの折れ戸を閉めた。半畳分のスペースしかなく、身体を横たえることもできない。

壁に背中を預け、座った状態のままで眠りにつく。情けない過ごし方だが、少しでも生存率を上げるためならなんでもやる。

元ペンションの地下には、海外の銃砲店並みの拳銃が保管され、弾薬や射撃場もあった。むろん、地下へと続く金属製の扉は固く閉ざされてあり、暗証番号の電子錠を下手にいじくれば、警報が作動するようになっている。

狙われる者よりも狙う者のほうが強い。そう相場が決まってはいるが、この訓練場を支配しているのは有道であり、可能なかぎり対策を講じていた。

懐中電灯を口にくわえ、リュックのなかを漁った。なかには油紙に包まれたグロックと十七発の弾薬がつまったマガジンがある。

マガジンを装塡した。尖らせた歯ブラシしか持てない教え子たちと違い、教官という立場と『ＮＡＳ』側のアジトという地の利をフル活用していた。リュックには何本かのナイフもある。

ポケットから最大の武器を取り出した。携帯端末のアプリを起動させると、建物の内部が映し出される。

食堂から廊下、それぞれの部屋には小型カメラが設置されており、その映像はリアルタイムでチェックできる。

つまり、教え子たちの行動を逐一監視できるのだ。外にいる久保もこの小型カメラで見張っていた。有道が眠りこけたとしても、異変が起きれば知らせてくれる。

食堂から部屋に戻った教え子たちは、それぞれ自由時間を過ごしていた。とはいえ、ケータイもテレビもなく、娯楽といえば週刊誌や新聞ぐらいしか置いていない。

徳山は股割りといったストレッチをし、両国は花酒をラッパ呑みしていた。豊橋は退屈そうに雑誌に目をやり、すぐにベッドに潜りこんだ。佐久間はすでに眠っている。

携帯端末の画面を消し、有道も目をつむった。手元のグロックと監視カメラのおかげで、多少の安らぎは得られた。とんでもない依頼を押しつけた綾子には腹が立つものの、いちいち怒りを募らせていたら、無駄に気力を消費するばかりだ。

時間が経って、うつらうつらとまどろんだ。携帯端末が震えだした。すかさず電話に出る。

「どうした」

〈佐久間が動いてます〉

電話相手は久保だった。緊迫した声で伝える。

「こっちに向かってるのか」

〈それが……一階のトイレで用を済ませた後、キッチンやリビングをうろついては、冷蔵庫や戸棚のなかを物色して、地下への階段を降りました〉

「なんだと?」

〈今は射撃室のドアの前で立ち止まってます。ドアの電子キーには触れていませんが……〉

電話を切ると、アプリを起動させた。

宿泊所に仕かけられた監視カメラの映像が一度に映し出される。映像を地下のカメラのものに切り替える。

たしかに久保が言うとおり、禿頭の佐久間がドアの前に佇《たたず》んでいた。顎に手をやり、しばし考えるような仕草をすると、踵《きびす》を返して地下室の階段を上った。一階の自分の部屋に戻る。

息を深々と吐いた。拳銃と携帯端末が汗で濡れた。ひょうひょうとした態度からして怪しかったが、ついに馬脚を現しやがったか。

久保から電話があった。

〈どうですか。やはり、こいつが殺し屋では〉

「かもな」

なんの目的で物色したのかは不明だが、佐久間は限りなくクロといえる存在になった。グロックのスライドを引き、薬室に弾を送った。

暗殺者と断定できたわけではないが、拳銃を突きつけて尋問するに値する不審さだった。すっかり眠気が吹き飛び、クローゼットから出ようとする。

「待てよ」

折れ戸に手をかけたが、再び床に腰を下ろした。一階に降りるのをひとまず止め、頭を掻いて考えにふけった。

4

有道はミニバンから降りると、教え子たちに囲まれた。

両脇にいる徳山と豊橋が、防弾カバンを外に向かって盾のように構える。

「もう少し高く」

徳山の尻を叩いた。彼は防弾カバンを顔のあたりまで掲げた。

鉄砲玉役の佐久間がエアガンを持って駆けてきた。トリガーを引いてBB弾を吐きだす。

前方にいた両国が、有道を地面に倒してうえに覆いかぶさった。佐久間は有道を狙ったが、BB弾は徳山の防弾カバンや身体に当たるのみだった。全員が戦闘服のなかに、防弾防刃ベストを着こんでいる。

やがてエアガンは弾切れを起こした。

「よし」

有道は声をかけた。のしかかっている両国の肩を叩く。「早く退《ど》いてくれ。重くてかなわん」

「うす」

両国は、取組を終えたばかりの力士のごとく、荒い息をついて立ち上がる。息からは泡盛の匂いがしたものの、あえてなにも言わずにいてやる。

「鉄砲玉が向かってきたら、とにかく護衛対象者を押し倒せ。相手が親分だからってためらうな。多少傷を負わせたとしても、鉛玉を喰らうよりずっとマシだからな」

両国は一礼した。有道は徳山らも褒め称えた。

「根性の入ったお前らが、今みたいに盾と化せばサブマシンガンだって怖くねえ。立派なボディガードだ」

徳山らもうなずいてみせた。

訓練は終盤を迎えて五日目となった。

教え子たちと完全に打ち解けたとはいえなかったが、当初のような一触即発な空気はなくなった。

そもそも教え子たちは優秀だ。ガッツにあふれ、有道が教える護身術を貪欲に吸収した。格闘センスを持っている連中だったが、チームワークも覚えて鬼に金棒だ。あらゆる襲撃から親分を守れる方法を習得した。

いくら琢真会ら中京勢が、大物の命を奪おうとヒットマンを送っても、この教え子らがいるかぎり、大東エンタープライズの経営陣を殺《や》るのは困難といえた。

特訓の日々は緊張状態を維持したまま過ぎていった。揉め事も起きていない。両国が花酒で暴れることもなく、徳山が尖らせた歯ブラシを持ちだすこともなかった。あと二日で精強な護衛集団を作り上げる予定だが、ここに潜んでる虫も駆除しなければならない。

佐久間にエアガンを手渡された。心配そうに有道の顔を見つめる。

「教官、目がまっ赤ですよ。目の下にひどい隈もできてる。ロクに眠れてないんじゃないですか？」

「んなことはねえ。毎晩ぐっすりだ」

心のなかで毒づいた。

誰のために寝不足になったと思ってやがる。夜中にうろちょろしやがるネズミ野郎め。睡眠が満足に取れていないため、身体がやけに疲れやすく、集中力も持続しなかった。狭苦しいクローゼットで眠っていたためか、腰に痛みも抱えている。

拳銃を持ち、監視できる状況にあるとはいえ、暗殺者が潜んでいるなか、グースカやれるほどの豪傑ではない。座ったままでの眠りを余儀なくされ、夢の世界へと入ったかと思えば、小さな物音や電話で起こされることがたびたびあり、充分な休息が確保できていない。

久保は力説したものだ。

――なぜ佐久間を問いただざないんです。あいつは就寝時間となれば、毎晩宿泊所をうろついちゃ、盗人みたいにあちこちを見て回ってるんですよ。このままじゃ、有道さんのほうが参ってしまう。

久保の訴えは正しい。犯人扱いするかはともかく、あの男には意図を吐かせる必要があった。

他の連中は有道に快い感情を持っているとは言い難いが、マジメに訓練を受け、不審な行動を露骨に取ってはいない。せいぜい部屋で寝酒をかっ喰らったり、防弾防刃ベストの防御力を試すため、尖らせた歯ブラシで突くといった姿を見かけるぐらいだ。

――考えがあるんだ。もう少し待ってくれ。

久保にはそう言って、素知らぬふりをしながら教官を演じ続けた。だが、行動を起こすべき時期を迎えた。

ポケットに入れていた携帯端末が震えた。訓練場の片隅に移動して電話に出る。

〈もしもし。これでいいですか?〉

久保が訊いてきた。このタイミングで電話をかけるよう、前もって彼に頼んでいたのだ。

顔を引き締めた。綾子のような腹黒い役者ではないが、ここが正念場だと腹をくくる。表情を強張らせて大声をあげた。

「なんだと!」

携帯端末を耳にあてつつ、教え子たちの顔を驚いたように見やった。慌てたように背を向け、一転して声をひそめる。

「そいつは本当なんだろうな。まさか……ああ、そうか、わかった」

電話を切ると、教え子たちが何事かと食いついてきた。徳山がつめ寄る。

「教官、どないしたんでっか？」

「な、なんでもねえよ」

あえて目を合わせずに答えた。豊橋が眉をひそめる。

「おれらにも関係ある話だが」

「違うよ、うるせえな。トレーニングを続行だ。休んでる暇はねえ」

警戒するような視線を教え子たちに向けつつ、訓練の続きを促した。

教官が動揺するほどの情報が寄せられた。しかも、我々教え子に関する話ではないか
――彼らはそれぞれ顔を見合わせ、不満そうに表情を曇らせた。あの佐久間でさえも、疑わしげに眉間にシワを寄せる。一世一代の演技が実ったというべきか。

「グ、グズグズすんじゃねえ！　もう一度、想定訓練だ。今度はおれが鉄砲玉で佐久間が親分役だ。一発でも親分役に弾が当たってみろ。全員スクワット百回だからな」

エアガンを振り回してみせた。

まだ、ショーはほんの始まりに過ぎない。暗殺者の正体が判明するまで、演技を続け

なければならなかった。

目星はある程度ついている。おそらく暗殺者はあいつだ。今夜あたりで決着をつけなければ、寝不足が祟《たた》って首を獲られかねなかった。

5

ケータリングサービスの食事は相変わらずうまかった。しかし、白米とおかずを半分ほど残した。

徳山が心配そうに見つめてくる。

「大丈夫でっか？　なんや教官、さっきの電話以来、おかしいですよ」

「億の借金があるんだよ。債権者のひとりが、会社に怒鳴りこんできたのさ。人間凶器どころか、素寒貧《すかんぴん》のおけらだ。お前らには関係ねえ」

有道の言葉に誰も納得する様子は見せなかった。

あの電話があって以来、訓練でも教え子らとは一定の間合いを取って接し、よそよそしさを隠さなかった。

食事を終えて自室に戻り、就寝時間を迎えても、もうクローゼットには閉じこもらなかった。

カフェインの錠剤をいくつか服用し、銃器のメンテナンスをして、入念にストレッチを繰り返した。武器や懐中電灯を腹にしまい、ベッドのうえで夜が深まるのを待つ。

ときおり、携帯端末で教え子らの動向をチェックした。教官の異変に首をひねってはいたが、どのみち残り二日で訓練を終えるとあって、ほとんど変わらぬ時間を過ごした。両国などは雑誌のグラビアでマスを掻いていた。

夜が深まってから、建物内の闇が急に濃くなったような気がした。エアコンが切れ、テレビの電源ランプまでが消えている。

久保から電話があった。

〈やられました……宿泊所が停電に陥ってます〉

「来やがったか」

〈佐久間に違いありません。野郎が例によって部屋から出るのをカメラが捉えてましたから。応援に行きますよ〉

「応援なら間に合ってる。あんたは待機しててくれ」

久保は調査員としては一流だが、暴力に長《た》けているとは言い難い。この場面では足手まといにしかならない。

何者かによってブレーカーを落とされたか、電線ごと切られたらしい。

携帯端末をポケットから取り出した。親指で液晶画面に触れ、監視カメラのアプリを起動させた。しかし、停電のためにどの監視カメラも作動していない。画面はまっ暗だ。

左手に懐中電灯を、右手に銃を持って自室を出た。宿泊所内も誘導灯さえ消え、濃密な闇に支配されていた。

静かにドアを閉め、階段を降りながら懐中電灯をリビングに向けた。灯りが佐久間を照らす。

「やったのは、私じゃありませんよ」

佐久間は肩をすくめた。有道はリビングへと降りる。

「わかってる」

佐久間はリビング内のオーディオコンポに目をやった。

そこには、ストローほどの小さなカメラのレンズがあるのだが、とっくに監視されているのを見破っていたようだ。

「毎晩うろちょろしやがって。殺し屋と勘違いしただろうが。最初に言ってくれりゃよかったのによ」

「言っても信じちゃくれないでしょう。行動でわかってもらうしかなかった」

「奥ゆかしいこった。おれを護るためでもあったわけか」

佐久間はうなずいて、ポケットから小さな懐中電灯を取り出した。部屋に備えつけてある常備灯だ。

有道は当初こそ彼を疑ったものの、翌日には容疑者リストから外していた。

佐久間はまるで見つけてくれと言わんばかりに、宿泊所内のあちこちをうろついていた。キッチンやリビングの戸棚や家具をコソ泥みたいに漁りもしたが、けっきょくなにひとつ盗んでもいない。その姿は盗人や密偵というより、怪しいものがないかを確かめる警備員や護衛のようだった。

暗殺者のセオリーは痕跡を残さず、対象者に怪しまれず、カメレオンのごとく周囲に溶けこむことだ。ここは『NAS』の領土であって、有道に疑われないよう注意を払わなければならないはずだ。佐久間は論外といえた。

「オーナーから極秘にスパイを狩るよう命じられましてね。よそ者のあなたに首を持ってかれたんじゃ、メンツが立たないなんて言い出しました。しかし、私だけじゃ返り討ちにされるかもしれない。宿泊所をやたらとうろつけば、あなたに気づいてもらえると思った。西海《サイカイ》警備保障の連中は侮れない」

佐久間はため息をついた。

「よく知ってる」

彼はずっとクールな姿勢を崩さなかったが、今はきつい汗の臭いを漂わせていた。

あちこちに懐中電灯の灯りを向ける。あたりに民家や街灯はなく、外から光が入ってくることもない。

ベルトホルスターからシースナイフを抜き、佐久間に手渡した。

「あいにく拳銃は一丁しか用意してねえ。こいつで勘弁してくれ」

「充分です。さきほどの電話で、スパイの正体が割れたんですね」

「ありゃただのハッタリさ。なにも聞いちゃいない」

「それじゃ」

「でも、だいたい目星がついた」

他の教え子らがいる客室へと足を向けた。両国の部屋をノックもせずに開けた。鍵はかかっていない。

懐中電灯の灯りを床に向けた。うつ伏せに倒れているのは、頭や腹から血を流した両国だった。

「おい！」

床にはガラスの欠片が散乱している。

花酒のボトルで頭を割られ、破片で身体を刺されたらしい。破片を踏みしめながら、両国のもとへと近寄る。

彼は息こそしているが、太腿《ふともも》や腹を何度も刺されたらしく、大量に出血をしていた。声をかけたが、反応はない。意識を完全に失っている。

「こっちもです」

隣室から佐久間の声がした。

駆けこんでみると、徳山が同じく倒れている。

「やっぱりか」

出血こそ見られないが、額や頬は鈍器で殴られたように腫れあがっている。佐久間が彼の身体を揺すったが、苦しげにうめくのみだった。

徳山の手には、例の尖ったプラスチック棒があったが、うまく活用する前にやられたようだ。

壁に背を預けて銃を構えた。暗闇に目が慣れてきたが、建物内は圧倒的に光が足りていない。

「出て来いよ。ゾクのあんちゃん。てめえだろう」

声を張り上げると、カーテンの陰から若い男が飛び出してきた。豊橋だ。

彼は短い棒切れを握っていた。剣道の達人みたいな踏みこみの速さで、有道の右手を打った。

「痛っ」

手の甲に痺れるような痛みが走り、銃を取り落とす。堅い木の棒で殴られたかのようだ。

タンクトップ姿の豊橋が、さらに有道を打ちのめそうと棒切れを振る。

「お前か！」

佐久間は、豊橋の首をグローブのような左手で摑み、右手でナイフを突き刺そうとした。

だが、豊橋のほうが先に攻撃した。棒切れで佐久間の喉を突き、ボクシングのコンビネーションブローのごとく、佐久間の顔面に連打を加える。訓練時とは段違いの速さだ。

豊橋の殴打で、佐久間は膝をがっくりついた。

彼が手にしているのは棒切れではない。ぎゅうぎゅうに折り畳んだ雑誌だ。紙製といえども、木にも劣らない警棒と化す。新聞や本も武器になるのだ。

豊橋は粗暴な若者に見えて、酒も武器も持ちこまず、夜間も勝手にうろついたりはしなかった。もっとも怪しまれず、それでいていかにも極道らしく、悪目立ちすることなく過ごした。それがかえって、有道には疑わしく見えた。

「いい動きしやがるじゃねえか」

ずばり正体を見抜いたものの、戦闘能力の高さは想定外だった。スピードを維持するためか、防弾防刃ベストを身に着けていない。

「有道了慈、お前を殺《や》れば、あの世にいる兄弟も喜ぶ」

豊橋は佐久間の顔面に膝蹴りを入れ、同時に彼の手からナイフをもぎ取った。

彼の言葉から名古屋弁が消えていた。喧嘩っ早い爆弾小僧から、冷酷な殺し屋に変わる。刃物みたいな目で有道を見やる。

後ろへと下がり、豊橋から距離を取った。

「そうか、金城の……」

「西海《サイカイ》警備保障の名にかけて、お前の命《タマ》を獲らせてもらう」

右手をさすりながら言った。

「組織の名なんぞかけなくていい。このへんで止《や》めとこうぜ。お前を殺《や》りたくねえ」

「殺《や》れると思ってるのか？　訓練中は力をセーブしていたというのに。あんたの実力もこの五日でたっぷり見せてもらった。拳銃は一丁だけと言ったな。近接格闘じゃ、おれのほうが腕は上だ」

豊橋は鼻で笑い、床に落ちた拳銃に目を走らせた。

「まるで見切ったような口ぶりだな」

「激辛ソースを浴びる気はない。小細工は通じないぞ」

「もう一度言うぞ。おれは殺《や》りたくはねえ」

「だったら、おとなしくくたばれ。あんたにかけられた賞金は、今や一億だ」

豊橋がナイフを構えた。

背中からグロックを抜いた。銃口を豊橋に向ける。

「なっ」

豊橋は目を見開いた。

「小細工が通じたな」

有道が最初に持っていたのは、訓練中に握っていたエアガンだ。この暗がりでは本物と見分けがつきにくい。必ず拳銃を狙ってくると予期していた。

「死ね」

豊橋がダッシュでつめ寄った。有道は顔をしかめた。約五メートルもの距離をゼロに縮められる。

「バカ野郎が」

トリガーを何度も引いた。

発砲音が鳴り響き、豊橋の胸や腹が弾けた。血の飛沫《しぶき》を顔に浴びる。

豊橋がナイフで突いてきたが、有道はその刃をかわした。グロックを撃ちながら、後ろに下がっていた。

蜂の巣にされた豊橋は、前のめりになって倒れた。彼の手からナイフを奪い取る。

豊橋は仰向けに転がった。口から血を大量に吐き出す。

「……兄弟が殺《や》られるわけだ」

「遅《おせ》えよ。気づくのが」

豊橋の瞳孔が開いていた。銃弾は彼の急所に命中している。助かりそうもない。

彼を撃ちたくはなかった。たった五日間とはいえ、教え甲斐のあるいい生徒だった。

「教官……」

豊橋の呼吸が止まる。

有道はグロックをホルスターにしまった。戦闘服の上着を脱ぐと、豊橋の頭のうえにかけてやった。

V　ブラック・マジック・ウーマン

1

「それにしても、これは――」

柴志郎は絶句した。手にした写真に目を近づける。

L判サイズの写真に写っているのは、とある女性のバストショットだ。食い入るように見つめた末に、女性と野宮を見比べた。

野宮は、社長用の大きな椅子にもたれながら笑った。

「そんなに驚くこと？　似ているとはよく言われたもんだけど」

「……似てるってもんじゃありませんよ」

写真の女性は野宮にそっくりだった。小さな顔立ちと鹿のような大きな瞳が特徴的な美人だ。

別の写真に目を落とした。女性の全身を写したものだ。ロックバンドの野外フェスティバルで撮影されたものらしく、大きなステージと原っぱをバックに、女性は紙コップを手にして微笑んでいる。

似ているのは顔だけではない。女性は野宮と同じく、モデルみたいな長い脚の持ち主だ。写真の束を最初に渡されたとき、被写体は変装した野宮と勘違いしたくらいだ。

野宮は椅子をクルクルと回転させた。

「まあ、似ているのは当然かもね。なんといっても、血を分けた姉妹なんだから」

「実在していたんですね」

野宮は目を見開いた。

「私が嘘をついていたと思ってたの？」

「いえいえいえ」

柴はあわてて首を振った。

野宮の人材派遣会社『ＮＡＳ』に拾われ、さらに社長秘書となって四年が経つものの、相変わらず柴にとって彼女はミステリアスな存在だった。

彼女に妹がいるとの話は何度か耳にしている。しかし、あるときは双子の兄がいるといい、テレビのバラエティー番組である大家族モノをたまたま目にしたとき、自分にも十三人もの兄弟がいると口走った。

彼女は身の上話をよくした。どちらかといえば、安酒場でクダを巻く酔っ払いのごとく、こちらが聞いてもいないのに、昔話を勝手にしたがるタイプだ。

彼女になみなみならぬ関心を抱いている柴にとって、どんなくだらぬ話も大歓迎だったが、家族構成と同じで、口を開くたびに違った過去を披露している。

カリフォルニア州のスタンフォード大を出たと公言はしているが、じつはハーバードだと打ち明けたこともあれば、東大でキャンパス生活を送っていたと、懐かしそうに語ったときもある。

職歴も同じで、勤務先はボストンのコンサルティングファームだったり、日本の証券会社の経済研究所だったりと様々だ。そのくせ、BBCのアナウンサーみたいに、洒落たイギリス英語を話すのだから、そもそもアメリカで暮らしていたのかさえ怪しかった。

彼女が打ち明けた過去のなかで、もっとも荒唐無稽だったのは、イギリスに本社がある国際的軍需企業に籍を置きつつ、女王陛下のスパイとして、日本国内で暗躍していたというものだった。

柴自身は案外、その諜報員説こそが本当なのではないかと密《ひそ》かに思っている。それほどの過去や実績がなければ、『NAS』などというクレイジーな会社を設立するはずもなく、広域暴力団や警察組織、麻薬Gメンと渡りあうなど不可能だからだ。野宮には007並みの経歴が似つかわしい。

謎のベールに包まれている野宮の半生が、この妹なる人物を通じて、少しでも明らかになるかと思うと、この部屋を今すぐ飛び出して調査に乗り出したかった。

柴は努めて冷静さを保った。

「ということは、ことは一刻を争いますね。すぐに妹さんの居所を把握しませんと」

野宮も笑みを消して表情を引き締めた。

「そうなのよ。誰にでも弱点はあるものでね。私の場合は、その娘がアキレス腱ってわけ。ホラばかり吹いて、みんなをあっと言わせるのが好きだけど、今はそんな余裕なんてないし、今度ばかりは本当よ」

「無論です。疑ってなどおりません」

「本来なら、調査に長けた社員を使えば済む話だけど、大切な身内だから、誰に任せていいか迷ってて」

「私におまかせください」

力強くうなずいてみせた。「社長のアキレス腱であるなら、情報共有は最小限にするのが得策です。そこいらの社員ごときにやらせるものでもありません」

写真の女性の名は野宮沙英《さえ》という。

野宮によれば、姉と同じく自由奔放な性格で、都内の私大を出てから、外資系のＩＴ企業に就職したが、二年働いた後に退職している。バックパッカーとして、インドやバリを半年ほど放浪した経験がある。

インドから帰国してからは、どこかの企業でバリバリ働くわけでもなく、いい男を見つけて身を固めるわけでもなく、石垣島《いしがきじま》といった離島でだらだら暮らしたり、ヒッピーみたいな怪しげな外国人と仲良くなっては、京都や北海道を転々としているという。

彼女はため息をついた。

「私と同じで自由奔放なのは確かだけど、性格の根っこのところがまるで違うのよ。小さなころは焼肉が大好きで、ホルモンを奪い合ったくらいなのに、今じゃすっかりベジタリアンが板についちゃったりして。平和なナチュラリストきどりね。石垣島や北海道の田舎で、ぷかぷか大麻《ガンジャ》吸ったり、変なキノコ食べてラリったり。好きに生きればいいと思うけど」

「社長とは正反対ですね」

野宮の愚痴につきあいながら、彼女が渡してくれた写真の束に目を落とした。

写真の量は豊富だった。なかには二十代の野宮の写真もあった。ハワイの浜辺で撮ったツーショットや、バルセロナのサグラダ・ファミリアをバックに、ふたり仲よく笑っているものもある。

そっくりではあったが、よく見るとふたりの違いも徐々にわかってきた。沙英はどこかのんびりとした顔立ちで、柔らかな身体つきをしていた。

それに対し、主食を肉としている姉の野宮は、妹と違って戦闘的な性格で、おまけに野望の塊だ。豊富に動物性たんぱく質を摂取し、ジムで鍛えているだけあって、肉体はしなやかなネコ科の獣を思わせた。

「あの娘《こ》が学生だったころまでは、けっこう仲よしだったんだけど。そんなわけだから、だんだんソリが合わなくなってきちゃって。食べ物の好みだけじゃなく、うちに泊まれば洗剤から衣服の原料にまでケチをつけてくるもんだから、口喧嘩になることも少なくなかったし。おまけに、私がこういう商売を営んでいる以上、あの娘に累が及ぶのは嫌だから、疎遠になるのもしょうがないと思っていたけれど、それがかえって仇になるかもしれない。ちょっと……嫌な予感がするの」

野宮は窓に目をやった。

外は、彼女の不安を表すかのように灰色の雨雲が垂れこめ、秋雨が汐留の高層ビル群を濡らしている。彼女の顔は、珍しく弱気そうに見えた。

華岡組と『ＮＡＳ』は、裏で激しく火花を散らし合っていた。同組は、野宮の首に高額な懸賞金をかけていると言われている。二週間前に、社員の有道了慈が華岡組の殺し屋に命を狙われたばかりだ。

だが、彼女は怯《ひる》んだりはしない。華岡組というマンモス組織に楔《くさび》を打ちこむと、五代目の琢磨栄組長の運営方針や人事に不満を持つ有力幹部らに空気を入れ、華岡組をふたつに引き裂くことに成功した。

琢磨の出身母体である名古屋の琢真会を中心とした中京勢と、神戸をホームタウンとする関西勢だ。琢磨に盃を返す幹部たちは、すでに六甲《ろっこう》華岡組という新たな組織名を決め、来週には正式な記者会見を開く予定でいるという。裏社会に激震が走るのは確実で、激しい抗争に発展するものと思われた。それこそが野宮が望む展開ではあったが。

琢磨側は、六甲華岡組の背後に『NAS』がいるのを把握しており、これまでも腕利きのヒットマンを放ってきた経緯がある。野宮を潰すためなら、どんな卑劣な手段を用いてもおかしくはなく、華岡組の情報網は、警察にも匹敵するという。野宮の個人情報を洗いざらい調べ上げ、アキレス腱である沙英の存在を、すでに摑んでいてもおかしくはなかった。

「それに、これからは私だけじゃない。相手はヤクザよ。社員はもちろん、その家族の安全も確保しなきゃ」

柴は野宮の横顔を見つめた。この女社長の自信に満ちあふれた姿に惚れたのだが、憂いを帯びた表情もやはり美しい。

「お任せください」

柴は応接セットのソファから立ち上がり、愛する女王に宣言してみせた。

「沙英さんの行方《ゆくえ》を大至急、突き止めてみせます」

2

野宮に大見得を切ったものの、沙英の捜索は意外なほど難航した。

柴は即座に手持ちのカードを全部切った。ひとつは警察だ。かつての同僚らにカネを撒いて調べさせたが、沙英にはこれといった前科はなかった。

また、彼女は運転免許証を所持していたが、旅人のように居所をしょっちゅう変えているため、ろくに住所変更の手続きをしていなかった。

もっとも、マメに役所で手続きをするような人物であれば、野宮が身内の事情を明かしてまで、柴を頼る必要はないのだ。彼女が持つ情報網だけで解決するだろう。

まずは警官を頼ってみたが、彼らも万能とはいえない。現在は個人情報の扱いがシビアであり、事件捜査という名目がないかぎり、勝手に市民の素性を洗うのはご法度《はっと》だ。監察にバレればクビが飛びかねない。

カネさえくれてやれば、なんでも調べる悪徳警官がいたが、柴を裏切ったため、『NAS』は彼を車で轢《ひ》いた。全治六か月もの重傷を負わせ、今も病院生活を送らせている。

沙英の運転免許証に登録されていた住所は、札幌市北区となっていたため、柴はさっそく飛行機に乗り、現地まで赴いて調査に乗り出した。

沙英のいた賃貸マンションには、すでに別の住人が暮らしていた。探偵を名乗って不動産屋や近所の住人にあたってみたものの、彼女の引っ越し先を知る者はいなかった。二か月前に荷物をまとめ、どこかへ行ってしまったとの話だった。

だが、まったくの空振りで終わったわけではなかった。沙英は中央区の語学教室で講師をしているアメリカ人と、半同棲状態にあった。

その講師に会うため、語学教室に出向いたが、彼もすでに教室を辞しており、沙英と同じく二か月前に札幌から姿を消している。同時期に引っ越しているのを考慮すると、沙英とアメリカ人はともに行動している可能性が高かった。

アメリカ人は名をフィルといい、沙英と同じく放浪癖があるらしく、今は日本各地で英語を教えるなどして生活費を稼いでいるという。彼の元同僚で、北大に留学しているアメリカ人女性が教えてくれた。フィルを快く思ってはいなかったらしく、食事をおごるだけでペラペラと話してくれた。

ジョージア州出身のフィルの英語は南部訛りがきつく、発音もでたらめなくせに、彼はいっぱしに講師ヅラをし、生徒の日本人女性を派手に食い散らかしていたという。

アトランタに住む彼の両親は、生命保険会社の重役で、三十を過ぎた息子に仕送りもしていたらしい。学業と暮らしに追われている女性講師から見れば、大麻の臭いをさせたボンボンにすぎない男だったが、女性からはモテていた。アウディの赤いクーペを乗り回しては、沙英らしき日本人女性を連れ、小樽《おたる》の寿司店や旭山《あさひやま》動物園へとデートに繰り出していたという。

「赤のアウディ」

女性講師の話に相槌を打ちつつ、フィルの車については念を押して訊いた。彼女は間違いないと答えた。日本車ではないドイツ製の高級車だから見誤りようがないと。

三泊四日の札幌出張では、沙英を発見できはしなかったが、フィルという有力な手掛かりを得た。

この男の線から沙英の居所を摑めそうだった。フィルのものと思《おぼ》しきアウディのクーペを、野宮が渡してくれた写真を通じて目にしていたからだ。

あらゆるルートを通じて情報収集に励む一方、野宮から借りた写真を念入りにチェックした。

写真の大半は役に立たなかった。情報は新鮮さが命だ。近年の沙英を写した写真や動画が欲しかったが、妹と疎遠になったため、野宮は数えるほどしか持っていなかった。クリスマスのさいに、儀礼的に写真つきのメールをやりとりするぐらいだという。

しかし、その昨年のクリスマスになにげなく送られた写真と、今回の札幌出張で得た情報が線でつながった。

その写真には、道央のニセコパノラマラインの路上で、紅葉の山々をバックに写った沙英の姿があった。ドライブの途上で撮影されたものらしく、沙英の横には赤のアウディがわずかに写りこんでいた。

おそらくフィルが所有する車であり、写真の画像を高性能ツールで鮮明化させ、アウディのナンバーを読み取るのに成功していた。

写真のなかに含まれる個人情報を、そうして丹念に調べ上げ、最近の沙英が写った場所はもちろん、彼女と関連がありそうな建物の登記簿、メールアドレスやSNSのアカウントにいたるまで、複数の情報屋を使って調べさせている。

札幌から新千歳空港まで、電車で移動する間に、多和田《たわだ》へ電話をかけた。その情報屋のひとりで、アウディのナンバーの調査は彼に頼んでいた。

多和田はなかなか電話に出なかった。四十五秒もかかった。

「柴田だ。依頼人を待たせるとは、ずいぶん殿様商売だな」

柴は高圧的に言った。多和田は低くうなった。余裕のない声で答える。

〈そういう嫌味を聞かされたくないからだ。いい加減にしてくれ。照会の件なら――〉

「割り出せたんだろうな」

〈……まだに決まってるだろう。あんただってわかってるはずだ。ふつうなら二週間から一か月の期間はかかるんだぞ。依頼を受けてから、まだ五日しか経ってない〉

「センセイ。時間こそ命なんだ。ふつうじゃないからこそ、こちらもチョコ一枚渡したんだろうが。照会の申請にかかる経費なんて一万円程度だ。まさか、指をくわえて申請が通るのを待つわけじゃないだろうな」

〈申請理由をでっち上げるだけでも大変なんだぞ。もし、これが弁護士会の――〉

「言い訳を聞くつもりはない」

多和田の言い訳をさえぎった。彼と口を利いていると、とにかく愚痴の多い有道を思い出す。

「実弾が足らないからか。だったら、補給と励ましのために職場を訪問させてもらおう」

〈やめてくれ！〉

多和田は悲鳴をあげた。

「あと二日で結果を出せ。いいな」

一方的に告げて電話を切った。

3

多和田はもともと腕のいい弁護士だった。東大の法科大学院《ロースクール》を出て、一度で司法試験を突破し、選ばれし者という自負と青雲の志を抱いて、名の知れた弁護士事務所に所属した。時代に恵まれていたら、あるいはもう少しプライドが低ければ、引く手あまたの有名弁護士として活躍できたかもしれない。

今の彼の職場といえば、新橋のカレーショップだ。弁護士が本業ではあるが、夕方から深夜までアルバイトをしなければ、暮らしが成り立たない。

五日前のことだ。汐留のオフィスで沙英の写真をチェックし終えると、新橋まで徒歩で移動し、彼の〝職場〟であるカレーショップを訪れた。

多和田はカウンターの客にカレーを運んでいた。多和田は柴を見て眉をしかめ、視線をそらした。報酬を弾む上客にもかかわらず、ならず者でも見るような目を向けてきたものだ。

年齢は三十前半で、柴よりも若いはずだが、帽子から覗く頭髪は灰色で、目の下には茶色い隈があり、会うたびに見た目の老化が進んでいた。

柴はカウンターに腰かけると、注文を取りに来た多和田にカレーをオーダーした。

「辛口のポークカレーを」

同時に文庫本一冊分の厚みのある封筒を、多和田のエプロンのポケットにねじ入れた。

小声で囁《ささや》いた。

「ついでに23条照会も」

多和田はあわてて封筒を返そうとしてきた。

「こんなところでよしてくれ」

「いらないのか？　月末は事務所の家賃でいつも頭を悩ませていると思ったが」

多和田は低くうなり、再び封筒をポケットにしまいこむと、すごすごと厨房《ちゆうぼう》へと戻っていった。

彼がかつて属していた弁護士事務所は、もっぱら下半身関係の事案を得意としていた。痴漢や未成年買春、強姦事件を起こしたレイプ魔や変態の弁護を引き受け、依頼人の懐具合や社会的立場を見ては、高額な費用を請求するというタチの悪い事務所だった。

事務所の雇われ弁護士《イソベン》に支払われる給料は約三十万。そこから弁護士会費や年金保険料が引かれるため、手取りは二十万ほどにしかならない。

彼は待遇の悪さにうんざりし、スケベ野郎のケツ拭きに追われる仕事にも愛想を尽かした。四年踏ん張った末に独立し、自分の実力を信じて、八丁堀《はっちょうぼり》に事務所を構えた。

しかし、今の弁護士業界は超格差社会だ。たいして実績のない多和田に依頼は来ず、家賃の支払いや生活費にも困窮し、独立したさいに背負った借金の返済のため、今はカレーショップでの接客が本業となりつつある。ブラックな弁護士事務所の重労働から逃れられたが、競争社会の地獄からは抜け出せてはいない。多和田が弁護士なのは、店長も他のアルバイトも知らない。

仏頂面でカレーを運ぶ多和田に、写真のアウディのナンバーを記したメモを手渡した。店内でのやりとりはそれだけだった。

カレーをたいらげて店を出ると、多和田が電話をかけてよこした。

〈柴田さん、ここには来るなと言っただろう！　嫌がらせもたいがいにしてくれ！〉

「最近の外食産業は空前の人手不足で時給がいいらしいじゃないか。どっちが本業なのかを忘れてほしくなかったのさ」

多和田は声のトーンを落とした。

〈勘弁してくれ。こんな申請を続けたら、おれはバッジを失っちまう〉

「チョコ一枚、ポケットに入れておきながら、その言い草はないだろう。勘弁してほしいのはこちらのセリフだ」

カレーショップから新橋駅西口広場まで移動し、新橋駅前交番までやって来た。チョコ一枚とは百万円を意味する。

酔っ払いやサラリーマンが激しく行き交い、若い制服警官が交番の前で立番していた。物騒な会話をするのにふさわしい場所とは言えないが、柴とて『NAS』の番頭というべき立場にあった。いつ華岡組系のヤクザに拳銃でバンとやられるかわかったものではない。人気のない場所は避けなければならなかった。

多和田の泣き言を無視して続けた。

「だいたい、福の神に向かってその口の利きかたはなんだ。こっちは特別に目をかけてやってるつもりだぞ。なにも食い詰めてるセンセイはお前だけじゃないんだ。たかだか車の持ち主を洗うのに、チョコ一枚も払う気前のいい依頼主などそうそういないと思え」

〈人の弱みにつけこむヤクザだろうが……〉

多和田は柴の正体を知らない。暴力団や右翼団体関係者と思っている。アポなしで彼の事務所やバイト先に現れては、現金を渡して個人情報を調べさせる。もしこの不正が弁護士会にバレたとしても、柴や『ＮＡＳ』までたどられることはない。

これといった看板もないダメ弁だが、それでも弁護士には違いなく、柴のような情報調査員にはありがたい存在だ。彼のような〝ひまわりバッジ〟を持ちながら、食えない弁護士を何人か抱えていた。

どんな弁護士だろうと、連中は23条照会という強い武器を持っている。

弁護士法第23条2に〝弁護士は、受任している事件について、所属弁護士会に対し、公務所又は公私の団体に照会して必要な事項の報告を求めることを申し出ることができる。〟とある。個人情報の保護やコンプライアンスが厳しく求められる時代にあっても、弁護士には官公庁や企業などから、必要な情報を提供させる力があるのだ。

例えばホテルや旅館に対して、ある人物がいつ宿泊していたのかを。また、あるときは銀行に対し、口座の有無から取引履歴まで聞き出すことができる。警察のような強制力はないものの、目的に即した必要性と合理性が認められる限り、一般に回答をすべきであると考えられている。

個人情報を丸裸にする強力な武器ゆえに、弁護士会による厳正な審査が行われる。厳しいチェックを経た結果、弁護士会会長の名のもと、官公庁や企業に照会が行われるのだ。

もちろん、正当な理由もないまま申請を行えば、弁護士会によって懲戒委員会にかけられ、業務停止や除名といった処分が下される。

「チョコを大事に使って、できるだけ早く情報を入手しろ。うまくやれば、堅い企業を紹介してやる。家主から追い出されずに、一国一城の主でいたいだろう」

〈弁護士会はバカじゃない。おれは業界から追放されちまう〉

「すでにはみ出しているようなもんだろう。ひどく誤解しているようだが、おれをハイエナとみなすのはお門違いだ。今のお前を気の毒に思ったお釈迦《しゃか》さまが、チャンスをくれてやろうと下ろした蜘蛛《くも》の糸だ」

因果を含めて承諾させた。

多和田の苦悩は理解できた。自分も正しい警官であろうとした過去がある。しかし、すでに腹をくくっている。自分はアウトローなのだと。『NAS』に身を置いてから、すでにあらゆる犯罪に手を染めている。犯していない罪のほうが少ないだろう。野宮のためなら身を投げ出す覚悟はできていた。

多和田のような弁護士に依頼をしてから、柴は札幌に飛んだのだった。

4

仙台宮城インターチェンジで東北道を降りた。

料金所のゲートを潜り抜け、国産ワゴンを路肩に停めた。運転席の窓をわずかに開けると冷風が入りこんでくる。

東京よりもだいぶ気温が低く、青空が広がっているが、早朝とあってピリッとした冷気に包まれている。目覚ましにはちょうどよかった。

深夜に東京を発ってから、ほぼ休まずにワゴンを走らせた。若かった刑事時代と違い、徹夜がいささかこたえるようになったが、今回ばかりは集中力も途切れたりはしなかった。

同インターチェンジの手前にある菅生《すごう》PAには、二十四時間営業の食堂があり、牛タンハヤシライスを胃に収めて満腹となったが、眠気は起きていない。ひどく昂揚《こうよう》しており、同時に胸騒ぎも覚えていた。

札幌から戻った二日後、多和田から連絡があった。やはりアウディはフィルのもので、彼は住所を札幌から仙台へ移しているとのことだった。最有力な情報をもたらした礼として、いくつかの企業を紹介すると約束した。スポンサーの手を嚙むような二重スパイは即座に潰さなければならないが、使える情報屋には長生きしてもらわなければならない。

東京では、沙英のかつての同僚や友人らにもあたってみた。意外だったのは彼らが誰ひとりとして、今の沙英の住処《すみか》を知らないことだった。

これはフィルについても同じだった。彼の経歴は、六本木にたむろしていた不良外国人たちから聞いた。

親の仕送りのおかげで、これといって勤労意欲もないくせに、羽振りだけはよく、京都や東京あたりをブラブラしつつ、日本人の女をとっかえひっかえしていた。彼が北海道へと旅立ったのは、自生の大麻が生え放題だと知ったからだという。

しかし、札幌からどこへ移動したのか。最近の動向を摑んでいる者は誰もいなかった。これは札幌で訊きこみをしたときも同じだった。外国人が集まるバルで、ビールやワインを盛大におごり、有力な情報をくれた者にはチップを弾んだ。だが、フィルが引っ越したことすら満足に知らない者が大半で、やはり新しい住処を知る人間はいなかった。

つまり、沙英もフィルも、居所を知られたくない状況にあるという意味だ。

友人知人にも秘密にしたまま姿を消した。フィルは高級ドイツ車を乗り回すような小金持ちで、借金で夜逃げする立場にはない。むしろ、仲間たちにカネを貸しつけている側で、それらを回収すらせずに消えたのだ。

——ちょっと……嫌な予感がするの。

野宮が憂鬱そうに呟いたのを思い出す。

彼らの逐電には、華岡組が関係しているのかもしれない。野宮の妹と知り、すでに極道に追いこみをかけられている可能性がある。

携帯端末が震えた。野宮からだった。すぐに電話に出ると、できるだけ力強い声を張り上げた。

「おはようございます」

〈今はどのあたり？〉

「仙台に到着しました。これから榴岡《つつじがおか》に行ってみます」

フィルの住所は、書類上は宮城野区の榴岡となっていた。仙台駅東口に近いマンション街で、大きな公園や楽天イーグルスが本拠地にしている野球場がある。

彼女は驚いたように声をあげた。

〈ええ、もう？　寝てないんじゃない？〉

「休んではいられません。社長の予感、的中しているかもしれませんので」

〈気をつけて。こんなときこそ焦りは禁物よ。なにか異変を感じたら迷わずに知らせて。完全武装した兵隊を送りこむから。単独で突っ走るのは禁物よ〉

「そうするつもりです」

ドアポケットには、リボルバーがあった。

いつでもグリップを握れるように。その他にも、特殊警棒と折り畳みナイフもワゴンに積んである。

とはいえ、それらの武器は、あくまで護身用だ。元警官といえども、アメリカンポリスのような射撃の腕はなく、柔道と日本拳法を齧ってはいるが、『ＮＡＳ』や華岡組には次元の違う猛者たちがひしめいている。喧嘩慣れしたヤクザと渡りあえるとは思っていない。

青葉山トンネルを潜って仙台市街に入った。早朝とあって道路は空いており、国道45号線を走って榴岡公園の傍まで向かった。高層マンションやビルが立ち並んでいるが、広大な公園があり緑が豊富であるせいか、都内よりもゆとりや穏やかさを感じさせる。

それゆえ、かえって剣呑《けんのん》さやキナ臭さを敏感に嗅ぎ取れるともいう。

フィルの住所は、榴岡の高層マンションの九階だ。マンション前の公道には、業務用のライトバンが停まっていた。目に留まりにくい地味な車で、運転席と助手席には作業着を着た男たちが座っていた。

どちらもやけにガッチリとした肩と、精悍《せいかん》なツラの持ち主だった。まるで機動隊員や消防隊員みたいに鍛え上げられている。営業マンや工場労働者には見えない身体つきだった。

ライトバンの後ろには高級ミニバンが。こちらは誰も乗っていない。目を引いたのは、愛知県の尾張小牧《おわりこまき》ナンバーだったことだ。中京を牛耳る華岡組系琢真会の存在が頭をよぎる。

平静を装いながら、二台の車の横を通過した。信号のない交差点に差しかかると、左折して路肩にワゴンを停めた。

リボルバーを握ると、運転席のドアを静かに開け、ワゴンから降りる。

同時に携帯端末を左手に持ち、野宮宛てにメールを送った。華岡組に先を越されたと。二台の車の特徴とナンバー、それにヤクザふたりが、作業員に化けてマンション前で張っていると伝える。

「遅かったか」

柴は唇を嚙んだ。やはり野宮の予感が的中かと。

交差点の角のブロック塀に張りつくと、塀からそっと顔をだして、件《くだん》のマンションと二台の車を見やった。

ライトバンから屈強な男ふたりが降りた。やはり、どちらも地味な作業着に袖を通しているが、格闘家や兵士のごとく、肉体は引き締まっていた。あたりを警戒するように、鋭い視線を投げかけている。

マンションの玄関のドアが開いた。柴は目を見張った。なかから出てきたのは、複数の人間だ。ガッチリとした体型の男が目に飛びこんでくる。スーツにネクタイ姿だが、作業服の男たちと同じで、危うい雰囲気を醸し出していた。

柴は小さくうめいた。ダウンジャケットを着たヒゲ面のフィル、その傍らには赤いコートを着た沙英がいた。スーツの男たちに挟まれるようにして、尾張小牧ナンバーの高級ミニバンへと歩む。

沙英はやはり野宮に似ていた。遠目からだと、同一人物に見えてしまう。黒髪を背中まで伸ばしており、沙英のほうがなで肩でいくらか華奢に映る。穴が開くほど写真に目を通していたが、実物はもっと野宮に似ていた。事情を知らずにいたら、違和感を抱きつつも、ごくふつうに声をかけていただろう。

今は見惚れている場合ではない。スーツ姿のふたりは、大きなリュックとキャリーケースを抱えていた。沙英らは暗い顔をしつつ、スーツ姿の男たちに促されていた。声までは聞こえない。

朝の冷気に包まれているというのに、額から汗が噴き出していた。目に入りそうになる。

手の甲で汗をぬぐいながら考えを巡らせた。野宮にこの状況を報告したが、兵隊たちを集めて動かすには時間がかかる。ましてや、ここは東北の地だ。ヘリを飛ばしたとしても、それなりに時間がかかる……。

スーツの男たちに促され、沙英らが高級ミニバンに乗せられようとしていた。スーツの二人組だけでも厄介だが、さらに殺し屋じみた気配を漂わせた作業着の男どもが、警戒にあたっている。それに対してこちらはひとりだ。

ベターな方法は、男たちに沙英らをあえて拉致させ、連中を尾行することだ。警察に通報する方法もあるが、野宮は許可しないだろう。華岡組だけでなく、警察にも弱みを握られることになる。

だが、連中の車を尾行できるか。難しいところだ。ライトバンのほうは警戒に徹するだろう。もし見つかれば、撒かれるのは必至だ。ヤクザたちの目をかいくぐれるかは疑問だ。

ガタンと硬い音が鳴った。柴は目をこらした。フィルが高級ミニバンのステップに脛をぶつけたらしく、脚を抱えてうずくまった。身長百九十センチにもなる赤毛の大男だが、顔色はひどく青白く、苦痛に顔を歪めている。

学生時代はアメフトをやっていたらしく、ヤクザの目をかいくぐって、あたりの住民に助けでも求めればいいものを、まるでヘビに睨まれた蛙のように動こうとしない。

ヤクザたちは顔をしかめた。ドン臭い野郎だと蔑んだ目でフィルを見やる。住宅街という場所柄のためか、罵声を浴びせたり、暴力を振るったりはしなかった。

しかし、華岡組がこの外国人まで生かしておくとは思えない。人質は沙英のみで充分であり、フィル自体にはなんの価値もないのだ。下手に生かしておけば、警察に駆けこまれるといったリスクを抱えるだけだ。

フィルも自身の運命を知ってか知らずか、背中を丸めて肩を震わせている。沙英は彼の傍に寄り、彼の脛をかいがいしくさすってやった。

胸がふいに苦しくなった。野宮とダブって見えてしまう。

ヤクザたちは手ぶらだった。もちろん、刃物や拳銃を隠し持っているだろう。スーツ姿の男たちは後部ドアを開け、トランクに荷物を積みこみ、柴に対して背中を見せている。

ここで止めるしかない。リボルバーの撃鉄を静かに起こした。ぶちのめす必要はない。ヤクザどもの動きを制止すればいいのだ。携帯端末をポケットにしまい、両手でリボルバーを握る。

「ダメよ」

「えっ？」

何者かに肩を叩かれた。

背後を振り返った。黒のコートを着た野宮がいた。柴は目を見開いた。なぜ彼女がここに――。

考える間もなく、野宮にブロック塀へと押しやられた。柴らの横をエンジン音を轟かせたSUVが通り、沙英らがいる二台の車へと突進する。

「あいつは……」

SUVのハンドルを握るのは、新社員のレナこと朝比奈美桜だ。片手でSUVを操り、もう片方の手でサブマシンガンを握っていた。『NAS』の秘蔵品のヘッケラー&コッホMP5SDだ。

後部座席にはもうひとりいた。爆発物の専門家の妙《ビヨウ》教官だ。ベースボールキャップを後ろ向きにかぶり、窓から上半身を乗り出して、サブマシンガンを構えている。

ふたりのサブマシンガンが火を噴いた。MP5SDならではのカタカタという独特の作動音が鳴った。減音器が内装されているモデルで、各国の軍や警察の特殊部隊に愛用されている。

まるでおもちゃのような音が鳴るものの、容赦なく9ミリパラベラム弾がヤクザたちに襲いかかった。まるで禁酒法時代のギャングのような暴れっぷりだ。

スーツの男たちの身体が弾けた。背広の生地に無数の穴が開き、身をくねらせながら崩れ落ちた。防弾ベストを着用していたらしく、上半身からの出血は見られないが、太腿や脛に銃弾を浴び、スラックスがまっ赤に染まった。高級ミニバンにもたれながら崩れ落ちる。

襲撃者のレナと妙は、作業着の男たちにも銃弾をばら撒いた。

「ちょっと借りるわね。運転をお願い」

野宮にリボルバーをもぎ取られた。

状況を呑みこめなかったが、彼女の命令に本能が従い、身体がワゴンに向かった。野宮もスライドドアを開け、後部座席に乗りこむ。

ワゴンをバックさせ、交差点を曲がり、レナらがいるSUVの後ろにつけた。

高級ミニバンは無惨だった。タイヤが破れ、車体が斜めに傾き、ボディは蜂の巣と化していた。

窓ガラスは防弾仕様のようだが、蜘蛛の巣のごとくヒビが入っている。スーツの男たちは血の池と化した地面に倒れこんでいる。レナらはライトバンにも銃弾を大量に浴びせていた。

「ちょっと待ってて」

彼女はスライドドアを開け、ワゴンから道路へと降り立った。

「あ、危ないですよ！」

硝煙で視界が白く濁り、アスファルトは血で汚れている。

彼女は構わずにすたすたと歩いた。下半身を撃たれたスーツの男が、血みどろになりながらも、野宮に手を伸ばして摑みかかろうとした。

野宮はスーツの男の頭に蹴りを見舞い、高級ミニバンの陰に隠れていた沙英らに歩み寄った。

柴は深々とため息をついた。少しだけ事態を理解した。野宮に一杯喰わされたらしい。フィルにも流れ弾が当たったらしく、出血した左腕を押さえてうずくまっていた。彼は野宮を見上げると、女みたいな声で悲鳴をあげる。

しかし、すぐに声は止んだ。野宮が、フィルの頭をリボルバーのグリップで殴りつけたからだ。沙英は顔を凍てつかせる。

「ね、姉さん」

野宮は対照的に無表情だった。左手で沙英の長い髪を鷲摑《わしづか》みにする。

「い、痛い！　放して！　止めて！」

沙英は痛みで叫び声をあげるが、野宮はお構いなしにワゴンへと引きずりこんだ。

「行きましょうか」

「え、ええ……」

訊きたいことは山ほどあったが、今はこの修羅場から脱出するのが先だ。いくら減音器《サプレッサー》で銃声を抑えられるとはいえ、弾丸が車をえぐる音や人の叫び声で、マンションの住民たちが目を覚ました。部屋の窓を開け、何事かと見やる。

サブマシンガンとは異なる発砲音がした。ライトバンに身を隠した作業着の男が、レナらに反撃を試みていた。持っているのは自動拳銃らしく、次々に弾を吐いてはＳＵＶ

のボディに穴を穿《うが》つ。

作業着の男が遮蔽物《しゃへいぶつ》にしているライトバンは、すでに高級ミニバンと同じく、車と呼べるものではなくなっていた。タイヤはパンクし、カーホイールが外れ、ボンネットが開きっぱなしだ。もうひとりの作業着の男は、股間から血を流して、仰向けに倒れている。

発砲している作業着の男は、圧倒的な火力に対し、鉄くずと化したライトバンに身を隠しつつ、正しいフォームで応射していた。

やつもまた防弾ベストを着用しているらしく、サブマシンガンの弾丸を胸に浴びながら地面に片膝をつき、拳銃の照星を睨んで発砲した。

柴の背中を冷たい汗が流れた。あの連中に単独でリボルバーを突きつけていれば、いとも簡単に返り討ちに遭っただろう。野宮が現れなければ、ここで骸《むくろ》をさらす運命が待っていた。

「あいつ粘るわね。うちに欲しいくらい」

野宮の口調はあくまで冷静だった。

バックミラーに目をやると、野宮は妹のこめかみにリボルバーを突きつけていた。

SUVの後部座席の窓から、缶コーヒーほどの大きさの塊が飛んだ。塊は放物線を描いて、ライトバンの下へと転がる。柴は反射的に頭を下げた。

鼓膜が震えるほどの破裂音がし、ビリビリとフロントガラスが震えた。ワゴンの車体や窓に細かな破片が当たる。妙が手榴弾《しゆりゆうだん》を投げつけたのだ。

頭をあげると、風景が一変していた。ライトバンは横倒しになり、マンションの塀にもたれていた。

ひとり抵抗していた作業員の男は、後ろの高級ミニバンのフロントガラスに上半身を突っこませていた。手榴弾が破裂した道路はえぐれ、あたりは黒い煤《すす》で汚れている。

『NAS』の攻撃に慈悲はない。

唾を呑みこみながら、ワゴンのアクセルを踏んだ。ガラクタとなった高級ミニバンやライトバンの横を通り過ぎる。ヤクザたちの攻撃に注意したが、もはや抵抗できる者は見当たらない。

「久しぶりね。沙英ちゃん」

野宮は妹の頬を親しげに叩いた。

口調こそ柔らかかったが、ぞっとするほど冷えた笑みを浮かべていた。

5

「けっきょく、何者ですか。その方は」

柴は国道4号線を南下しながら尋ねた。助手席の野宮は意外な質問をされたとばかりに瞬きを繰り返した。

「何者って。妹だけど?」

「……仲がとてもおよろしいんですね」

皮肉を口にした。怠け者や反抗的な社員には、憎まれ役に徹して嫌味を垂れるが、野宮には滅多に言わない。言わずにはおれなかった。

運転しているのは、野宮の愛車であるベントレーだ。ワゴンは仙台港の倉庫で乗り捨てている。柴も知らない隠れ家で、そのなかにはベントレー以外に、逃走用の中型バイクが停めてあった。レナと妙はそれらに乗って仙台から離れている。

「ええ、とっても」

野宮は皮肉を物ともせずに上機嫌で答えた。

現場のときとは異なり、今は屈託のない笑みを浮かべている。いつもの彼女だ。

後部座席では沙英が眠っている。睡眠薬入りの注射を打たれたのだ。

野宮は後ろを振り向いた。

「目に入れても痛くないほどね。言っておくけれど、正真正銘の妹よ。レナちゃんも教官も、姉妹の感動の再会のために、とてもいい仕事をしてくれた。もちろん、あなたも」

柴は黙ってハンドルを握った。いつもなら尻尾を振って大喜びするところだ。あの襲撃で自分がピエロ役になっていたと気づいた。野宮の口車にうまく乗せられ、すっかり見方がおかしくなっていた。

ヤクザたちは沙英らに危害を加えようとしたのではない。事実はその逆であって、彼らをガードし、逃がそうとしたのだろう。

拉致のためなら、手に刃物のひとつぐらい握っていなければおかしい。しかし、連中はみんな素手のままだった。スーツの男らは沙英たちの荷物を担いでやり、自分たちの手をふさいでいた。

沙英に危害を加えるつもりなら、そんな荷造りなどさせるわけもない。レナらに急襲されたときも、沙英を人質にするなど、有利に戦う方法はいくらでもあったはずだ。それに気づかぬほど、華岡組が襲撃者だという図式が、柴の頭にはすっかりできあがっていた。

野宮と会った沙英は、仲のいい姉との再会というより、恐ろしい怪物と出くわしてしまったかのようだった。野宮も彼女の恋人を殴り、妹を人間扱いせず、キャリーケースのごとくひきずった。

野宮こそが襲撃者であり、柴はなにも知らずにその露払いをやらされていたのだ。沙英を守るほうだろうと、襲うほうだろうと、それはどうでもよかった。ただ、野宮に本当の事情を知らされなかったことが悲しかった。

さんざん、有道のような不良社員をペテンにかけてはきたが、いざ自分がやられると予想以上にこたえる。肩のあたりがどっしりと重く、とてつもない疲労に襲われていた。

「適当なところで休んでもらって構わないわ。ずっと動きっぱなしだったでしょう」

「大丈夫です」

柴は即答した。野宮は本革のシートに身体を預けた。

「私に失望した？」

首を強く横に振った。野宮は続けた。

「あなたの忠誠心を疑ってない。ただ、人には適材適所というのがどうしてもある。社員の長所をできるだけ引き出すのが、経営者の役目だから」

「わかっています」

顔が熱くなった。柴が自分にぞっこんであるのを、野宮はとっくに見抜いている。

野宮がそれまでお茶を濁してきた過去を明かし、実の妹が危険な目に遭うかもしれないという。彼女の思惑どおりにシャカリキになって働き、持っているカードを全部切って、仙台に潜伏している沙英を発見した。

最初から沙英を襲うと告げられたら、果たしてこうも馬車馬のごとく働いただろうか。堅気の女性を、しかもよりによって惚《ほ》れている女にそっくりの人物を、サブマシンガンから爆発物まで使い、有無を言わさずさらう……良心が邪魔をして、調査に狂いや遅れが生じていたかもしれない。

彼の性格を知り抜いたうえで、野宮は嘘をついたのだ。彼女のようには非情になりきれず、冷静でもいられなくなる。あの現場でもリボルバー一丁で、警戒中のヤクザに単身で挑もうと考えたくらいだ。

かりに沙英と接触できたとして、その野宮そっくりの顔で逃がしてくれと懇願されたら……果たしてどう動いていただろう。

おそるおそる尋ねた。

「沙英さんは、一体何者ですか。妹なのは理解できましたが」

なぜ沙英が、宿敵である華岡組の保護下にあるのか。妹の身柄をどうするつもりなのか。疑問は尽きなかった。

野宮は腕組みをして、考え込むような顔つきになった。

「本当のことを言ったとして……信じてもらえるかしら」

「信じるもなにも――」

反論しようとしたとき、スピーカーから電話の呼び出し音が鳴り、柴の声は封じられた。

携帯端末はカーナビと無線でペアリングしており、ハンズフリーで話せる仕組みになっている。

カーナビの画面に目をやった。電話がかかってきたのは野宮の携帯端末で、画面には〝非通知〟と記されてある。

野宮がセンターコンソールにタッチして、電話に出た。柴がいるのも構わずに、車のマイクを通じて話を始める。

「もしもし。どちらさま？」

電話の相手は口を開こうとしなかった。

荒っぽい息遣いのみが聞こえた。柴は訝った。こんなときに変態の無言電話か。

〈それほどに……私が憎いか〉

しばらくして五、六十代くらいの男の声がした。絞り出すような、苦しげな口調だ。

「誰かと思えば。ごぶさた」

野宮は対照的にぶっきらぼうに答える。

〈血をわけた妹だぞ。ましてや、今回の件にはなんの関係もない〉

会話を邪魔せぬように息をひそめつつ、記憶のファイルを漁った。聞き覚えのある声だ。

「だから、ターゲットにしたのよ」

〈ほんなにおれが憎いんか！〉

男が吠えた。

野太い声の持ち主で、腹にビリビリと響く。激情のあまり、言葉が名古屋訛《なま》りになっていた。

思わず野宮を見やった。男の正体に気づく。そして、なぜ沙英の周りに中京系のヤクザがいたのかも。

野宮は鼻で笑った。

「相変わらず自意識過剰な人。あなたは私の道に転がってる岩のひとつに過ぎない」

〈綾子！〉

彼女はリボルバーをポケットから抜いた。慣れた手つきでシリンダーを横に振り出した。天井についたマイクにリボルバーを近づけ、シリンダーを回転させる。相手はヤクザだ。なんの音かは説明不要だろう。

野宮の表情が冷たくなった。

「もう一度、なれなれしく呼び捨てにしたら殺《や》るわ。あなたが育てた大切なプリンセスを」

ひどく暗い声だった。柴は奥歯を嚙みしめた。そうしなければ、ハンドル操作を誤りそうだ。

〈どうなってまうか……どうなってまうか、わかっとるんだろうな――〉

「要望や条件は改めて提示する。せいぜい今は、血の気の荒い子分たちを押さえておくことね」

彼女はセンターコンソールをタッチして通話を切った。

まっ先に声をかけたかった。野宮が歩んだ人生は、きっと普通じゃない。うすうす、そう思ってはいたが、彼女の父親があの琢磨栄だとは。

もっと詳しく知りたい。しかし、うかつに話しかけられない。黙って運転を続けるしかなかった。

「降りたくなった?」

野宮は静かに言った。柴は前方を睨みながら答えた。

「とんでもありません」

「あなたも、けっこうどうかしてる」

彼女は横から手を伸ばし、柴の顔の汗をハンカチでぬぐってくれた。

ハンカチからは、上等な香水と硝煙が混じった危うい香りがした。

Ⅵ　バーサス

1

有道了慈は、運転手に一万円札を投げつけてタクシーを降りた。「お、お客さん、お釣り」

運転手の声を無視して、汐留の路上に降り立った。平日のビジネス街はランチタイムとあって、スーツ姿のサラリーマンがうじゃうじゃうろついている。黒のパーカーに迷彩パンツという、有道のカジュアルな恰好のほうが目立つ。

『NAS』の入った高層ビルに向かうと、ちょうどビルの入口からビジネスコート姿の柴が出てくるのが見えた。

有道はとっさにオブジェの陰に隠れた。

「あのクソ野郎が……」

物陰から柴を睨みつけた。てめえらの無茶のせいで……。

那覇から飛行機に乗っている間、脂汗をダラダラ流し続け、奥歯が砕けそうになるほど噛みしめた。

羽田空港からはタクシーで移動した。運転手を引きずり降ろし、自分で運転したい衝動に駆られたが、堪えに堪えてようやくたどりついたのだ。

柴の背中は無防備だ。『NAS』のビル周辺も異変は見られない。裏社会の首領《ドン》を激怒させておきながら、忌々しいくらいに普段どおりだった。

柴はコートに手を入れたまま、足早にコンビニに向かっていた。片耳にイヤホンマイクをつけている。頭のなかは、つねに社長の野宮のことでいっぱいで、日々のメシなどどうでもいいと考える男だ。おにぎりやサンドウィッチを二分で胃に収め、いつでも野宮の命令に応えられるようにスタンバイしている。

物陰から飛び出すと、柴との距離をつめた。パーカーのポケットから刃物を抜く。グラスウールと強化プラスチックで作られたもので、空港の金属探知機にも引っかからない特製ナイフだった。切れ味こそいまいちだが、人を突き殺すには充分すぎるほどの威力を持つ。

柴はコンビニに入ろうとしていた。彼が入店する前に、後ろにぴったりと張りつき、肝臓のあたりに特製ナイフの先端を押しつける。

柴は顔を曇らせた。

「今は非常時だ。お前の遊びにつきあってる暇はない」

「非常時はおれだって同じだ。お前らがバカやらかしたせいで、こっちまでとばっちりを喰ってる。遊びなんかじゃねえ。いつものような減らず口叩いてると、血の海に沈めるぞ」

柴は冷えた目で睨みつけてきた。その眼光はいつもより鋭い。

「おれが血の海なら、お前は肉片をまき散らす羽目になる」

彼はコートのポケットから右手を抜いた。車のリモコンキーのようなものを握っている。

「マジか……」

低くうなった。

柴がコートを着ている理由がわかった。外はすっかり寒くなっているが、近くのコンビニへ買い物に出かけるのに、わざわざコートを着こむほどではない。

それでもコートを着用しているのは、柴がプラスチック爆弾《C4》を抱えているからだ。コートの内ポケットがパンパンに膨らんでいる。リモコンのスイッチを入れれば、有道らはもちろん、コンビニもろとも吹き飛ばしかねない。

「なにを焦ってる。おれたちが遊んでいると、本気で思ってるのか？」

柴は一瞬、高層ビルの屋上のあたりを顎で指した。

視線を空に向ける。冷たい冬風が吹きつけるが、ほとんど雲のない青天だ。屋上からキラッとした光が目に飛びこんでくる。

有道はうめいた。『NAS』が無警戒に見えたのは間違いだった。屋上に照準器付きのライフルを持った狙撃手を配置させている。本来の有道なら見抜けただろうが、すっかり冷静さを欠いていて、狙撃手の存在に気づけなかった。

華岡組の鉄砲玉が来襲すれば、ライフルで頭を弾き飛ばす気でいる。今は有道の頭に狙いをつけているのだろう。

柴は後ろを振り向き、有道と対峙《たいじ》すると、左手で特製ナイフを取り上げた。妙な動きをすれば即座に地獄へ送る。張りつめた表情が雄弁に語っていた。非常時という言葉に嘘はなく、死をも覚悟しているようだった。

有道は柴の肩を揺すった。

「社長に会わせてくれ。頼む」

柴は周囲に目をやり、すばやく特製ナイフをポケットに入れた。

「寝言は寝て言え。どういうつもりか知らんが。会社に弓を引いておきながら、今さらなにをほざいている。お前が愚かなのは知っていたが、ここまで底が抜けているとは想定外だった」

殴りつけたい衝動に駆られたが、拳が柴の顔面をとらえる前に、ライフル弾が有道の頭を吹き飛ばすだろう。狙撃者は複数いるようだった。頭部にいくつもの殺気が集まり、ひりひりとした熱を感じる。

冬にもかかわらず、額から汗が噴き出した。目に汗が入り、まともに開けられなくなる。パーカーの袖で顔の汗をぬぐう。

「女房子供が拉致られた」

柴は眉間にシワを寄せた。有道は頭を下げる。

「やつら、報復だとかぬかしやがった。お前ら、琢磨の娘なんか拉致ったそうじゃねえか。おれは聞いてねえぞ」

「バカ。口を慎め」

「……おれを煮るなり焼くなり好きにすればいい。ただし、家族は関係ねえんだ。どうにかしてでも助けてやってくれ。お願いだ」

柴は顔をわずかに歪ませた。ボディブローを喰らったボクサーみたいに。だが、彼は答えようとしない。

「柴！」

思わず悲鳴に近い声が飛び出た。行き交うサラリーマンやＯＬらが、目を丸くして通り過ぎていく。

柴は周りを気にし、人差し指を口にあて、静かにしろと命じてきた。怒りで顔が熱くなる。だったら、なんとか言ったらどうなんだ。関節技でもかけて締め上げてやりたくなる。

「……わかりました」

「なにがだ」

柴はイヤホンマイクに触れた。誰かとケータイで通話をしているようだ。

「社長か」

有道の問いには答えず、柴は腕を振ってついて来るように指示するのみだった。

2

有道は深呼吸をした。

重要なのは冷静さを維持することなのだと。自分がヤケクソに陥った時点で、家族の命までが吹き飛ぶのだ。

「女房子供が人質に取られたら、そりゃ血相変えて飛んでくるわね。その気持ち、とてもよくわかる」

当事者の野宮は腕組みをしてうなずいた。

てめえのせいじゃねえか。文句が喉元までこみ上げたが、今はひたすら頭を下げるしかない。しかし、それは百人組手に挑むのと同じくらいの気力が求められた。うっかり気を抜いてしまえば、怒りの感情に支配されかねない。

有道はジーンズの裾を払って、社長室のカーペットのうえに正座をした。

「琢磨の娘とやらを解放してやってほしい。それが連中の条件だ。頼む」

カーペットに額をつけて土下座をした。

「うーん、解放って意味がいまいちわからないのよね。私はただ妹を保護しただけだし」

「い、妹？」

思わず顔をあげた。彼女からは柴と違って、切迫感はまるで感じられない。

秘書は忠臣蔵の浪士のごとく、プラスチック爆弾まで抱えて腹をくっていた。待機している社員も防弾カバンやポリカーボネート製のシールドを用意するなど、抗争中のヤクザみたいに守りを固めていた。社員からは執拗《しつよう》にボディチェックを受けている。

有道の後ろには、スタンガンを持った柴が控えていた。あやしい素振りを見せれば、すぐに高圧電流で痺れさせる気でいる。

だが、本丸にいる野宮はふだん通りだった。イタリア製のスカートスーツを隙なく着こなし、タイトスカートからは長い脚を自慢げに披露している。捨て身でやって来た有道にも、相変わらず人を喰ったような返答をしていた。

「なんなんだ。妹ってのは」

「妹は妹よ。華岡組がふたつに割れることになったら、おそらく派手な抗争になるでしょうね。琢磨の身内だって狙われるかもしれない。だから、私が保護してあげたの」

　有道は首を傾げた。

「琢磨の娘があんたの妹。ということは……」

「私も琢磨の娘ってことよ」

「はあ？」

　身体《からだ》が意思に反して震えた。深呼吸の効果は薄れ、血がグラグラと沸騰するのを感じた。

「どうしたの？」

「どうしたもこうしたもねえだろ……こんな切羽つまった状況で。不謹慎じゃねえか。なんだ、その与太話は。こっちは大真面目なんだぞ」

「事実だ」

　柴が口を挟んだ。こちらはそれこそ大真面目な顔をしていた。有道は目を見開く。

「嘘だろ？」

「本当よ。妾《めかけ》の娘だけど」

　家族の危機を忘れて、野宮の姿を改めて見つめた。

　もともと、謎だらけの女ではあった。

自分の過去についてよく話しはしたが、口を開くたびにエピソードが異なる。海外でコンサルタント業をしていただの、日本の金融機関で無慈悲な取り立てをしていただの。英国の軍需企業で働いていたと、もっともらしいことを言ったときもある。

日本最大の暴力団相手に平然と喧嘩を売るのを考慮すれば、彼女がただ者ではないのは明らかだった。驚きはしたものの、不思議と受け入れられる。もともと、暴力団となんらかの形で関わっていたのではないかと睨んでもいた。

だからといって、怒りが消えるわけでもない。かえって腸《はらわた》が煮えくり返る。

後ろを振りむき、柴を目で制した。彼は、有道の怒気を感じ取ったのか、忍び足で近づこうとしていた。歯を剥いて牽制してから野宮に言った。

「父親とツラは全然似てねえな」

「無理に信じなくてもいいわ」

「信じるさ。それで納得がいく。あんたが華岡組にちょっかい出してきたのは、親父《オヤジ》になんか恨みでも抱いてるからか」

「残念。不正解」

野宮は首を横に振った。

「とくに恨みなんてないわ。いいパパだったもの。二号とはいえ、母は名古屋で宝石店だのクラブだのを任せてもらってたし、私たちもかわいがってくれた。妹の沙英ちゃんがいつまでもぶらぶらしてられたのも、偉大なお父様のおかげよ」

「だったら、なんで世話してくれた親父さんの組織をマトにかける」

「たまたまね」

「たまたまっすか……」

オウム返しに呟いた。妻だった奈那子《ななこ》と娘の睦美《むつみ》の顔が脳裏をよぎった。

焼肉チェーンの経営に失敗したうえ、裏賭博に負けて借金をこさえるなど、苦労ばかりかけてきた。離婚してからは、『NAS』で危険な任務をこなし、ずっと養育費や生活費を仕送りしてきた。

その功績が認められて、たまに食事をする機会を与えられたが、十歳になった睦美は、他人行儀なよそよそしい態度を崩さなかった。娘の手によって、シノギや手下を次々に潰された琢磨に思わず同情しそうになる。

「琢磨を尊敬してるわ。毀誉褒貶《きよほうへん》はあるけど、曲がりなりにも日本一の首領《ドン》に君臨してるんだもの。知恵の回る謀略家だし、てっぺんを取るためなら親兄弟をも追いつめる野心家よ。この『NAS』の経営だって、父のやり方を大いに取り入れてる。彼の血を受け継いだせいか、私もてっぺんを取りたくなったんだけど、まだそこに父が居座ってたってことよ」

彼女はうっすらと笑みを湛《たた》えて答えた。

有道は、後ろを振り返って柴を見やった。目で尋ねる。こんなイカレ女に一生ついていく気か？　彼は問いかけを無視し、ただ険しい表情を見せるだけだった。

華岡組が琢磨体制になってから十五年が経つ。彼は指導力を失った先代につめ寄り、半ばクーデターのような形で引退に追いやり、首領の座についた。五代目組長となってからは、影響力のある有力組長を次々と破門にし、名古屋の側近たちで固めつつ、都内の老舗《しにせ》団体を強引に勢力下に置き、華岡組の長年の悲願であった東京進出を果たしている。裏社会のてっぺんにいる男といえた。

声に出さずに呟いた。戦国時代じゃあるまいし……なんなんだよ、てっぺんってのは。ヤンキー兄ちゃんの戯言《ざれごと》みたいじゃねえか。

天下の華岡組にまで喧嘩を売っている時点で、この女がまともではないのは理解していたつもりだった。甘かった。

落ち目の極道や腐敗したおまわり、お尋ね者のテロリストといった、脛に傷のある連中を小突きまわし、裏社会をねちょねちょと泳ぎ回っているだけで、それなりに大きな顔ができるだろうに。てっぺんなどと、いい大人が口にすることなのか……。

借金をきれいに返済したら、南国の田舎で静かに暮らしたい。そう夢見ている有道からすれば、理解に苦しむ思考だった。柴もどうかしている。身体に爆弾まで巻きつけて、この女と心中する気でいる。もう少しクレバーな男だと思っていたが。

「頭の悪い中学生か。そう言いたげね」
野宮に見下ろされた。有道は両手を振る。
「い、いいや、大志を抱くことは悪くねえ。あんたにはそんだけの貫禄も備わってい
る」
「そこまでへりくだるってことは、家族を人質に取られたというのは本当みたいね」
うなずいてみせた。野宮の誇大妄想にはつきあっていられないが、今は『ＮＡＳ』の
力を借りなければどうしようもない。さらった連中の狙いも有道だけではなく、野宮の
首にあった。
有道の自宅は沖縄県本部町の丘のうえにあった。長いことリゾートホテルに暮らして
いたが、華岡組に懸賞金をかけられてからは一軒家に住処を移していた。
築三十年以上も経った古い平屋建ての建物だったが、丘の頂上付近にあり、遠くから
狙撃銃で頭をぶち抜かれずに済み、周囲には家庭菜園ができるほどの庭もあるため、襲
撃者が大挙して押し寄せたときのために、落とし穴や地雷といった罠《わな》をいくつも仕かけ
てあった。
しかし、連中は有道を直接狙うのではなく、とうの昔に別れた妻子を襲った。
今朝、電話がかかってきたかと思うと、低い男の声で告げられた。お前の女房と子供
をさらったと。その次に奈那子が電話口に出た。間違いなく彼女の声だった。

——了慈さん……。

——奈那子、やつらの言ってることは本当か！　今、どこにいる！

——お父さん。

有道の問いは無視され、睦美の悲しげな声を聞かされた。

娘の声をこんな形で耳にしたくはなかった。別人と思いたかったが、何年離れて暮らそうと娘の声を聞き間違えるはずがない。睦美は洟をすすり、ベソを搔いていた。彼女にも同じ質問をしたが、やはり答えは得られなかった。

低い声の男から一方的に告げられた。

——琢磨組長の娘を今から二十四時間以内に解放しろ。翌朝の五時二十三分《マルゴフタサン》までだ。五分遅れるごとに女房と子供の指を切り落とす。目玉、耳、鼻の順番で切り取り、お前の会社に送り届ける。

不意討ちを喰らったようなもので、わけもわからずふたりの名を呼び続けた。しかし、有道の思い通りにはなにひとつ行かず、電話は切られた。

奈那子の自宅や携帯電話にかけたが、誰も電話には出なかった。琢磨組長の娘だと？　二十四時間以内に解放？

なにも聞かされていなかった有道は、着の身着のままで那覇空港へと車を飛ばしていた。

有道は自分の推理を口にした。

「さらったのは西海警備保障だ。電話をかけてきたのは、トップの別所忠道だろう」

「そうでしょうね」

野宮はうなずいた。

西海警備保障は華岡組の企業舎弟《フロント》で、琢磨組長の親衛部隊だ。裏社会の全国統一を目指す琢磨のために、汚い仕事を一手に引き受けている。粛清、暗殺、死体処理など。『NAS』にとって因縁の相手だ。これまでもスパイや殺し屋を送りこみ、有道とは死闘を繰り広げている。

社長の別所忠道は、防衛大学校出身の自衛隊のエリート幹部だったといわれる。『NAS』は、別所の写真や動画をいくつか入手しており、彼の姿や声を有道らは把握していた。電話をかけてきた男の声は別所とそっくりだった。

男は時間を表すさい、軍隊や自衛隊で用いられている二十四時制の発音をしている。別所は正体を隠す気もないようだった。

有道は改めて頭を下げた。

「妹さんとやらを解放してやってくれ。あれは脅しじゃない。本気で奈那子を殺す気でいる」

説得を試みた。沖縄から移動する間、ずっと内容を考えていた。

「今まで不平不満ばかり口にして悪かったと思ってる。妹さんともいろいろ因縁があるのかもしれねえが、おれの顔に免じて許してやってくれないか。今まで以上に忠誠を誓う。なんだったら、名古屋に飛んで、琢磨の自宅にロケットランチャーでもガトリングガンでもぶちこんでくる。懲役だって覚悟のうえだ。おれの命はくれてやるから、ここはひとつ引いてくれ。頼む」

野宮は黙って聞いていた。やがて、中空を睨んで答えた。

「できない相談ね。なんでもやってくれるのは嬉しいけれど」

「……なんでだ」

「約束しちゃったのよ。西勘組と。沙英ちゃんをそっちに渡すって」

西勘組は今度の分裂劇の中心を担うと言われている華岡組の二次団体だ。神戸をホームタウンとする名門で、琢磨の名古屋勢に対抗するため、神戸や大阪の組織をまとめようとしている。

「さっきも言ったけど、さすがに私の父だけあって、琢磨はなかなかの謀略家なのよ。とくにスパイを仕立て上げるのが。関西勢は六甲華岡組なる団体名を掲げるみたいだけど、そのなかに何人、琢磨の息がかかった者がいることやら。ヤクザなんかにならなければ、優秀な公安警察官にでもなって――」

身体が勝手に動いていた。

立ち上がって後ろを振り向き、スタンガンを浴びせようとする柴の右手首に手刀を喰らわせ、同時に腹へと前蹴りを放った。彼の身体が後ろへ吹っ飛び、壁に背中を打ちつける。

「なにができねえ相談だ！　人でなしが！」

野宮に向かって拳を振り上げた。彼女はよける様子もなく、冷ややかに有道を見つめるだけだった。

社長室のドアが派手な音を立てて開き、屈強な護衛たちが室内になだれこんできた。護衛のなかには尊敬する妙《ビヨウ》教官の姿もあった。全員が拳銃を握り、銃口を有道に向ける。

有道は野宮の顔面に右ストレートを放っていた。

しかし、拳が当たるギリギリのところで止めた。パンチによる風圧で、彼女の頭髪が大きく揺れる。

堪忍袋の緒が切れかかったが、己に課した戒めが頭の片隅に残っていた――ヤケクソになった瞬間、奈那子らは命を失《な》くす。

「あんたは狐だ。鬼じゃねえ。解放はできないが、奈那子らの命は助ける。そう思って構わねえな？」

謀略家であるのは野宮も同じだった。彼女は拳を固め、有道の拳にコツンと当てる。

「ドライブに行きましょう。私が運転する」

彼女の目はいつになくイキイキとしていた。

3

有道は貧乏ゆすりをした。

野宮のベントレーで東北道を北へと進んだ。彼が沖縄で乗り回す中古のＳＵＶとは違い、冬の強風にさらされても微動だにせず、滑るように走り続けた。

助手席の革張りのシートは、新幹線のグリーン車みたいに広々としており、乗り心地は最高だった。こんな最悪な場面でなければ、素直にドライブを愉しめたかもしれない。

鹿沼《かぬま》インター《I》チェンジ《C》を通り過ぎる。

「なあ、せめて少しは情報共有ってもんをしておこうぜ」

掌の汗をパーカーにこすりつけた。自動拳銃のグリップは汗で濡れている。

「それは無理かな」

「あんたはいつもそれだ。おかげでこっちの寿命はすり減る一方だよ。柴だってそうだ。見かけるたびに、あいつの髪はどんどん白くなってやがる。近いうちに燃え尽きちまうぞ」

「あなたも柴も、役者には向かないもの」

「大根なのは認めるよ」

「大船に乗ったつもりでいなさい。どのみち賽《さい》はもう投げられたんだから」

なにが大船だ。心のなかでぼやいた。

たしかに野宮を信じて、社長室では暴れるのを踏みとどまった。信頼していなければ、同僚の手によって射殺されていたかもしれない。

野宮の指示に従い、『ＮＡＳ』のオフィスを出た。自動拳銃を握り、彼女に突きつけながら地下駐車場へ。彼女がハンドルを握った。

早朝にかかってきた番号に電話をかけた。すると、別所と思しき男が出た。

有道は懇願した。

――社長を拉致った。これで勘弁してくれ。

――ノーだ。こちらの要求にちゃんと応じてもらう。あくまで野宮沙英の解放だ。

――おい、こら。お前らだって、どこかでこっちを見張ってるだろう。憎き大将をそっくりそのまま渡してやるってんだよ。煮るなり焼くなり好きにすればいい。妹さんの居所も聞き出せばいいだろう。

――茶番にしか思えん。

――ふざけんな！　女房子供のために命がけでやってんだ！

──……首都高に乗れ。行先は追って知らせる。

別所も簡単には乗ってはこなかった。

彼は容易に姿を現さず、有道らを動かすだけだった。首都高のジャンクションが近づくたび、電話で方向を指示すると同時に、後を追う『NAS』の車両を引き返させるように命じた。

家族を人質に取られた有道が、追いつめられた末に『NAS』を裏切った。その筋書きの信憑性《しんぴょうせい》を高めるため、『NAS』の社員は総出で追跡してきた。

ジャンクションで割りこみや無理な車線変更をし、尾行を振り払った。柴らに怒声を浴びせ、引き返さなければ社長を殺すと、怒鳴り散らしてもいる。

東北道に入ってからは、妙教官が乗るライトバンとカーチェイスを演じた。妙教官は演技とは思えぬ鬼の表情をしながら、ライトバンで幅寄せをしてきた。危うく衝突するところだったが、有道が野宮の頭に自動拳銃を突きつけて断念させた。

演技とはいえ、必死なことには変わりなかった。柴たち同僚を振り払うたび、自分が本当の裏切り者と化したような気がした。『NAS』から放り出されても仕方がない。ただし、ケジメをつけるのは、あくまで奈那子らの無事を確保してからだ。

後ろを振り返った。『NAS』と思しき車両は一台も見えなくなり、代わりに黒のSUVが後ろにぴたりとついていた。

「今さらだけどよ……別所の命令に従ったところで、向こうさんはおれを許すはずねえよな」

「そういうこと。琢磨も別所も執念深いから。沙英ちゃんをリリースしても、約束なんか守らない。あなたを絶望の谷底に落として、とことん苦しめるはず。一歩でも引いたら負けなの」

「じゃあ、どうやったら勝てんだよ」

「私を信じること」

「……そいつは百人組手より難しいぜ」

こちらの武器はハンドガン一丁のみだ。ベントレーにはなにも積んでなければ、『NAS』の仲間の援護もない。

後ろのSUVが左にウインカーを点灯させた。大谷《おおや》パーキングエリア《PA》まで約五百メートルの位置だ。PAに寄れという意味だろう。

SUVの指示に従い、ベントレーは大谷PAに入った。スナックコーナーと売店、トイレがあるだけの小さな施設だ。駐車場も小型車は九十台分と大して広くはなかった。

しかし、冬の平日とあって、トラックや営業車がいくつか停まっているだけだった。施設の入口の横には、ソフトクリームを売る出店があったが、店員すらいなかった。

ベントレーとSUVは、施設から離れた駐車場の隅に停まった。SUVからふたりの男が降り立つ。どちらも無地のジャンパーを着用し、顔は大きなマスクで隠していた。ともに肩幅がガッチリとしており、分厚い胸板の持ち主だった。ショルダーホルスターに拳銃を入れているのか、ジャンパーの内側に手を伸ばして近づいてくる。

野宮に自動拳銃を突きつけながら尋ねた。

「このまま続けてかまわないんだな？」

「安心して踊り続けて」

野宮は涼しい顔だった。有道は男たちに抗《あらが》いたいという衝動に駆られたが、奈那子らの顔を思い出して踏みとどまった。

男たちはベントレーのドアを開け、有道たちに自動拳銃を向けてきた。

4

SUVのなかは殺気が充満していた。

有道は血を呑みこんだ。生臭さと金属の味がぬるりと喉を滑り落ちていく。

――こいつは金城や豊橋の分だ。

SUVに押しこめられたさい、白髪頭のマスクの男にぶん殴られた。口のなかを派手に切ってしまった。

ＳＵＶには運転手を含め、三人の男どもが乗っていた。全員が殺気を抱いていた。金城や豊橋は、西海警備保障が放った刺客だ。死闘の末に有道が倒した。

殺す気でいるのは有道も同じだった。なにも関係のない奈那子らに手を出しやがって。連中を叩きのめして、彼女たちの居所を吐かせたかった。

しかし、それも手遅れというものだった。ベントレーから降ろされたさい、拳銃はもちろんだが、ケータイから財布までありとあらゆる持ち物を取り上げられた。

連中はＧＰＳ発信機を警戒したのか、衣服だけでなく、靴の先まで念入りに確かめてきた。拳銃を持った屈強な男たち三名を相手に暴れても、即座に銃弾を浴びるだけだ。

車内の温度が高かったせいもあるが、嫌な汗が身体中を流れた。

隣の野宮を横目で見やった。有道とは対照的に汗も掻いていなければ、化粧も崩れてはいない。拘禁や拷問、輪姦だってされかねないというのに。自家用車に座っているかのように堂々としている。

どうしても疑念が湧く。組長の娘ゆえに自分だけは無事でいられると踏んでいるのか。しかし、いくら娘といっても、野宮がこれまでやってきたのは、水に流してもらえるレベルのイタズラではない。華岡組のシノギを潰し、殺し屋を返り討ちにし、さらに内部分裂を引き起こそうと暗躍した。殺しても殺したりないほどコケにし続けたのだ。彼女を信頼していいのか。奈那子らはどうなるんだ。不安と恐怖のあまり発狂しそうになる。

ＳＵＶは、宇都宮インターチェンジ《ＩＣ》から日光宇都宮道路を進んだ。日光東照宮や二荒《ふたら》山《さん》神社など見向きもせず、中禅寺湖《ちゅうぜんじこ》のある山奥へと進んでいく。

木々には雪がうっすらと積もっていた。シャーベット状の道路がいかにも寒々しい。青天だった空は鈍色《にびいろ》の雲に覆われ、みぞれが降っていた。

ただでさえ寒々しい景色だったが、冬の中禅寺湖の温泉街は閑散としていた。土産物店や飲食店は昼間からシャッターを下ろし、温泉旅館はひっそりと静まり返っている。銃火器を持ったならず者が立てこもるには恰好の場だ。

ＳＵＶは蔦《つた》に覆われたホテルの前に停まった。五階建ての鉄筋コンクリートのビルだが、駐車場のアスファルトはひび割れ、庭は雑草に覆われている。玄関の自動ドアには貼り紙があり、廃業してから時間が経っているようだ。今の有道の心を表しているかのような光景だった。

入口はスライド式の鉄門で閉めきられていたが、建物から作業服を着た男が姿を現して、鉄門を開けてＳＵＶをなかへ手招きした。ホテルの従業員などではなく、ＳＵＶにいる男と同じ臭いがした。分厚い胸板をしており、顔をマスクで隠している。ＳＵＶが駐車場に入るさい、作業服の男も有道らを睨みつけてきた。

生きて出られる気がまったくしねえ。蔦が絡まったボロい建物が、自分の墓石に見えてならない。

どうせくたばるにしても、絶対に奈那子らは救わなければ。隙を見て抗うべきか……。

「妙な考えは起こすな」

隣の白髪頭に肘打ちを喰らった。目の前に火花が散る。顎を打たれ、脳みそを揺さぶられる。

痛みに耐えて有道は叫んだ。

「妙な考えもクソもあるか。協力者に対してなんの真似だ」

連中は鼻を鳴らすだけだった。誰が協力者だと言いたげだ。

ＳＵＶが建物の玄関付近で停まった。玄関には同型のＳＵＶがもう一台あった。敵の数はさほど多くはない。車の台数から少人数だろうと踏んだが、今の有道が勝てる確率は限りなくゼロに近い。しかも、殴打によって体力まで奪い取られつつある。

ＳＵＶの男たちが一斉に降り、半ば無理やり車から引きずり出された。ぴりぴりとした冷気が頬をなでた。標高千二百メートルの山のうえにいるのを思い出した。

作業服の男が玄関の自動ドアを手動で開けた。男たちに突き飛ばされながら建物に入る。埃をかぶったツキノワグマの剝製が出迎えた。建物内は電気が通っていないようで、非常灯すらついておらず、暖房も入ってはいなかった。吐く息が白い。

痛む顎をなでながら野宮を見やった。彼女は相変わらずだ。まるで、よその会社を訪れたかのような気軽ささえ感じさせる。

野宮をちらちらと見やりながら祈った。本当に頼むぜ。この地獄のような状況で、彼女は蜘蛛の糸みたいな存在だった。頑丈なワイヤーではなく、あくまで切れやすい細い糸でしかない。柴のような狂信者ではないため、全幅の信頼を寄せるのは無理だった。

人気《ひとけ》のないフロントの前を通り過ぎ、バンケットルームへと通された。百人ぐらいは収容できそうな大きな宴会部屋で、複数の石油ストーブが赤々と燃えていた。この部屋だけは暖かい。

バンケットルームの中央には、短髪の五十男が椅子に腰かけていた。灰色の口ヒゲを生やしている。いかにも元自衛隊員らしい精悍な顔つきの男だ。

紺色の戦闘服にコンバットブーツという恰好で、ベルトホルスターには自動拳銃があり、銃を固定する紐は外れていた。いつでも抜き出せるようにしてある。華岡組の秘密部隊を動かしている別所忠道本人だ。

「……野郎」

有道は思わず突っかかっていた。この男のせいで、奈那子たちは――。

二メートルも進まないうちに、複数の男たちに組み伏せられた。カビと埃の臭いのするカーペットに顔を押しつけられる。両腕を後ろにねじられ、肩と肘関節が悲鳴をあげる。

「家族はどこだ！　この腐れ外道が！」

別所は有道を一瞥《いちべつ》するのみだった。部下に顎で指示をし、対面《トイメン》に置かれた椅子に野宮を座らせた。

「お久しぶりです。お嬢さん」

別所は野宮に深々と頭を下げる一方で、ベルトホルスターから自動拳銃を抜いた。銃口を彼女に向ける。ふたりの関係性を象徴するような動作だった。野宮が琢磨の娘というのは嘘ではないらしい。

彼女は臆することなく、まっすぐに別所を見すえる。

「何年ぶりかしらね」

別所が握っているのはシグザウエルＰ２２０だ。日本のミネベアミツミ社がライセンス生産しており、陸上自衛隊の幹部自衛官などに支給されている。扱い慣れているのか、別所の構えは堂に入っていた。

ふたりは旧知の仲のようだが、互いに旧交を温める気はなさそうだった。

「単刀直入に訊きます。沙英お嬢さんをあの方のもとに返していただけませんか」

「そうすれば、有道の家族を解放するの？」

別所の口ヒゲが動いた。笑みを浮かべたらしいが、目は少しも笑っていない。スライドを引いて、薬室に弾《たま》薬を送りこむと、再び彼女に銃を突きつけた。

「駆け引きをする気はありません。通告のみです。妹さんを解放しなければ、有道了慈の家族を殺し、お嬢さんたちもあらゆる拷問や辱めを受けて、自分の愚かさを思い知りながら地獄に堕ちることになります」

「ふざけんじゃねえ！　とっとと奈那子たちを放せ！」

口を挟んだ。

有道を締め上げていた連中が、さらに腕をねじり上げ、例の白髪頭の男につま先で顔を蹴られた。衝撃とともに鼻の骨が砕ける音がし、顔面を大量の鼻血が濡らした。文句を言いたかったが、己の血液で口をふさがれる。

別所はため息をついた。

「そいつを怒らせないほうがいい。手塩にかけた部下らを、お前に殺された」

知ったことか、クソ野郎。罵倒語がこみあげたが、血が気管に入って激しく咳きこんだ。白髪頭はギラギラとした目で有道を見下ろした。

別所は野宮に向き直った。

「わざわざ、ここまでいらっしゃった理由はなんですか」

野宮は首を傾げた。

「どういうこと？」

別所の拳銃が火を噴いた。野宮の頭髪が揺れる。有道は息を呑んだ。突然の発砲に鼓膜が痛む。

弾丸は野宮には当たらず、ギリギリのところを通り過ぎたらしい。千切《ちぎ》れた彼女の頭髪が床に落ち、後方の壁の漆喰《しっくい》が剝がれた。

「私の目は節穴ではありません。有道という男、腕は一流ですが役者としては三流ですな。身柄をさらったというより、あなたにここへ連れていくように命じられたとしか映らない。なにが目的です」

「どっちにしろ、あなたがたの手に落ちたことには変わらない。そうでしょう？」

別所は首を横に振った。

「お嬢さん、いつまでも自分を組長の娘だと思わないほうがいい。琢磨氏はとうの昔にあなたを絶縁にしている。その首に三億の懸賞金もかけた」

「いいえ。私は琢磨の娘よ」

彼女は微笑むだけだった。別所は意味を摑み損ねたのか、初めて顔を曇らせた。

別所は指を鳴らした。ややあってから、バンケットルームのドアが開いた。有道は目を見開いて呟きこんだ。

「了慈さん」

現れたのは奈那子と睦美だった。

久々の再会だったが、最悪きわまる形での対面だ。家にいたところを無理やりさらわれたのか、奈那子は部屋着のスウェットだった。もともと色白な女だったが、悪党たちに拉致されて、死人のように顔を青ざめさせている。

睦美も同じで、顔色はひどいものだった。長身の母親に似て、小学四年生にしては身長があった。百五十センチをゆうに超えている。成長の速さに目を見張ったが、顔を涙と鼻水で濡らし、瞼《まぶた》が腫《は》れあがっている。口はガムテープが貼られていた。

ふたりはバンケットルームの入口付近に座らされた。室内はストーブで暖かくはあったが、ガタガタと身体を震わせていた。助けてと、有道に目で必死に訴えてくる。

別所が有道を冷たく見下ろした。

「貴様らはなにがしたくて、ここへのこのこと乗りこんできた」

「女房子供を救うために決まってんだろ！」

口内に溜まった血を吐きだした。別所は眉間にシワを寄せ、白髪頭を見やった。

有道を小突き回した白髪頭が、懐から自動拳銃を抜き出した。ツカツカと奈那子らに歩み寄る。

有道は咳きこみながら吠えた。

「おい！　バカ！　止めろ！」

白髪頭は、憤怒の形相で奈那子の頭に自動拳銃を突きつけた。別所たちは、拉致の自作自演を完全に見抜いている。

別所がさらに訊いてきた。

「止めてほしければ洗いざらい話せ。お前はお嬢さんをさらったのではない。結託して猿芝居を打ち、ここへわざわざ乗り込んできた。それで、なにをする気だ」

「そうだよ。猿芝居だ。なんでこんなところに手ぶらで来なきゃならねえのか、おれだってさっぱりわかっちゃいねえ。本当だ。そのお嬢さんとやらが画を描いただけで、おれはなにも知らねえエテ公なんだ」

やけくそになり、早口でわめいた。

顎をあげて野宮を見上げる。早々にバレちまってるじゃねえか。しかし、彼女は芝居を見抜かれても涼しい顔をしている。

別所は無言で野宮を見つめた。彼女が口を開く。

「あなたを味方につけるため」

「私を？」

別所は初めて面喰らったように目を丸くした。野宮は続けた。

「華岡組はふたつに割れる。そうなれば、あなたがたは抗争に駆り出されて、今以上に汚れ仕事を手がけなければならない。私たちとのバトルとは比べものにならないでしょうね。今までは警察の目を欺《あざむ》けたでしょうけど、さすがに今度はどうかしら。警察に逮捕されて死刑判決を受けるか、残りの人生をお尋ね者として生きるか」

表情に乏しい別所が、さもおかしそうに声をあげて笑った。野宮もつられたように相好を崩す。

別所は口ヒゲをいじった。

「まさか、我々をヘッドハンティングするため、こんな危険な真似をしたのですか」

「ピンチはチャンスというでしょう」

彼女は真顔で答えた。

「なんだそりゃ……」

有道は唾と血液を呑みこみながら思う。無茶苦茶だ。野宮の無謀な性格は熟知していたはずだった。一方で悪知恵が働く女だとも。だからこそ、自分と家族の命を彼女に託して、こんな敵の巣に丸腰同然で乗り込んだのだ。

「支度金として三十億。年俸はそれぞれ査定させてもらうけど、あなたには年俸五億を用意するわ」

「景気のいい数字だ。今のヤクザ社会では考えられない」

「どう?」

別所は笑みを湛えたままだった。しかし、目は相変わらず冷たい。

「私らは古い生き方しかできません。銭金欲しさでやっているのなら、極道社会なんかに留《とど》まったりはしません。琢磨組長や華岡組に恩がある者ばかりです。決して裏切らない。だからこそ、組長の直轄部隊として腕を振るってきました」

「あくまで琢磨とともに心中するわけね」

別所は首をゆっくり振った。

「組の分裂なら阻止してみせます。今回のようにあらゆる手を使って。華岡組は昔も今も一枚岩であり続けるのです。お嬢さん、あなたは私を見くびり過ぎた」

有道は奥歯を噛みしめた。

このバカ女、策士策に溺れるの典型じゃねえか。身をよじらせてみせるが、西海の強者たちによって床に押しつけられる。

別所は拳銃を振った。部下のひとりが動き、ベルトホルスターから手錠を取り出し、野宮の両手を縛めた。

別所はつまらなそうに鼻を鳴らした。

「とはいえ、銭金はむろん重要です。あなたに仕えて稼ぐより、奪ってしまうほうが手っ取り早い。沙英さんと一緒にいただくとしましょう」

両手を縛められ、野宮はようやく弱ったような表情を見せた。

「あなたは味方にできなかったか」

「目測を誤りましたな」

別所に告げられた。

「有道了慈。仕えるべきボスを間違えたな。お前に殺された者への手向《たむ》けに、まずは家族の命をもらう」

家族は関係ねえだろうが。文句をぶつけたかったが、有道は下手に抗うのを止めた。野宮の真の狙いをいち早く理解したからだ。

別所は白髪頭に向かって手を振った。有道をさんざん目の敵にした男だ。

その白髪頭がうなずき、自動拳銃のトリガーに指をかけた。銃口は奈那子に向いていた。彼女は救いを求めるように、潤んだ瞳で有道を見つめる。睦美は激しく首を横に振る。

白髪頭は突如、自動拳銃を別所に向けた。二発の銃声が鳴り、別所の頬と後頭部が弾けた。さらに発砲音がし、野宮に手錠をかけた男の胸に穴が開く。

「なにを――」

有道にのしかかっていた男たち二名が、あわてて腰の拳銃を抜き出そうとする。白髪頭はひとりの腹を連射した。もうひとりの男は床に腹ばいになり、両手に拳銃を握りしめる。

有道は機を見逃さなかった。身体を起こして、腹ばいになった男へとダイブした。サッカーのヘディングシュートのごとく、男の後頭部に額を衝突させた。岩同士をぶつけあったような重い音が鳴る。

額の痛みをこらえ、男が握っている拳銃に手を伸ばした。後頭部への一撃が効いたらしく、拳銃をなんなく奪い取ることができた。男は気を失っている。

自動拳銃を握りしめ、別所と野宮を見やった。別所は息絶えており、椅子にダラリともたれていた。砕けた後頭部からは血と脳漿《のうしよう》が流れ出ている。

野宮はといえば、胸を撃たれた男のポケットを漁り、手錠のキーを探していた。織り込み済みだと言わんばかりで、汗ひとつ掻いていない。

白髪頭の男がすまなそうに目礼してきた。進んで怒りをぶつけてきたのは、別所の目を眩《くら》ますためだったのだろう。奈那子たちは呆然《ぼうぜん》としている。

――あなたは味方にできなかったか。

野宮は別所に言った。〝あなたを〟ではなく、彼女はあくまで〝あなたは〟と口にした。有道はそれを聞き逃さなかった。別所本人は取りこめなかったが、他に味方がいるとわかった。

彼女が琢磨の娘だと言い張ったのも、今になってようやく理解できる。

「父のやり方を大いに取り入れてる。あんた、そう言ってたな」

野宮は手錠の鍵を外した。

「話は後よ。まだ残党がいる。片づけてくれる？」

彼女の言うとおりだった。外の廊下から足音が聞こえる。

「了解」

自動拳銃のマガジンをリリースした。

弾数が充分あるのを確かめ、再びマガジンを挿入し、胸を撃たれた男を盾にして、自動拳銃を構えた。

5

有道は睾丸の激痛に耐えていた。

視界が涙で滲むなか、必死に腰を叩くなどして、痛みが和らぐのをじっと待った。

奈那子が本来の気の強さを取り戻し、有道に怒りの急所蹴りを見舞ったのだ。

バンケットルームの外には、ふたりの手下が残っていたものの、別所の死を知ると、武器を捨てて降伏した。

『NAS』のメンバーが廃墟《はいきょ》に到着し、戦いもケリがついた。奈那子らを無事に助け出したが……感動の救出劇とはならなかった。

有道は両腕を広げてハグしようとした。

——死ね！

奈那子は一転して顔をまっ赤にすると、怒りの金的を喰らわせたのだ。睦美を連れて、さっさとバンケットルームから出て行った。悲惨きわまる一日だった。

「やっぱり、あなたは最高の戦士ね」

野宮に背中を叩かれた。

「どっきり番組じゃねえんだぞ。寿命が二十年は縮まった。あいつはなんなんだ」

白髪頭の男を指さした。

彼は別所を死体袋に入れ、その死を悼むように手を合わせて拝んでいた。自分で撃ち殺したというのに。

「失礼な口を利かないの。あなたの先輩よ」

「やっぱり、潜らせてたのか」

白髪頭の男は静かな顔をしていた。有道に肘打ちをかますなど、凶暴さを発揮していたが、今は修行を積んだ坊主のようにさえ見える。同一人物とは思えないほどの役者だった。

「四年間ね。いい男よ」

有道は力なく首を振った。『NAS』のためなら命も捨てる狂信者が、柴以外にもいるということだ。別所が琢磨に忠誠を誓っていたのと同じように。

琢磨は、対立組織にスパイを潜らせるのを得意としていた。娘も同じやり方を心得ていたわけだ。

「借金を返したら、早々に足を洗わせてもらう。柴やあいつとは違うからな」

野宮はポケットからスマホを取り出した。アプリを起動させると、男の声が再生された。

〈今まで以上に忠誠を誓う。なんだったら、名古屋に飛んで、琢磨の自宅にロケットランチャーでもガトリングガンでもぶちこんでくる。懲役だって覚悟のうえだ――〉

汐留のオフィスで怒鳴ったときのものだった。有道は口ごもる。

「あの、待っていただけませんか。それはですね……」

「ロケットランチャーはもう用意したから。明日にでも名古屋に行ってぶっ放してきて」

「う、嘘ですよね」

「本気よ」

彼女はほがらかに笑った。

「安心して。かりに警察やヤクザに捕まっても、家族の面倒は私が見るから」

背中を冷たい汗が流れた。この女に仕えているかぎり、いつまでも崖っぷちに立たされるのだと、改めて思い知らされた。

解　説

千街晶之

「男子三日会わざれば刮目《かつもく》して見よ」という言葉は、まさにここ二年ほどの深町秋生のためにあるのではないか。そう感じたのは、この解説を書くため、シリーズ前作『バッドカンパニー』の杉江松恋による集英社文庫版解説を改めて読み直したからだ。この解説は「深町秋生はこっちが望んでいるほど、どかどかとは書いてくれない作家だ」という書き出しから始まっている。確かに、この時点で解説を任されたら私でも同じようなことを書いたに違いないが、それからたった二年後の現在、深町に対してそのようなことを思う読者は皆無だろう。それほど今の彼の執筆速度は目ざましい。

『バッドカンパニー』が刊行されたのは二〇一六年一月だが、その時点までの著者の作品については杉江松恋の解説で言及されているので、ここではそれ以降の作品を紹介していこう。まず二〇一六年五月には、朝日新聞出版から『ショットガン・ロード Shiomi and Ibuki』が上梓された。殺し屋集団と暴力団の抗争に巻き込まれた元殺し屋の漁師と暴力団幹部の息子が、互いに反目しつつも相棒となってゆくアクション小説である。続いて九月に徳間書店から刊行された『卑怯者の流儀』（現在は徳間文庫）は、組対の悪徳刑事・米沢英利を主人公とする連作で、ややコミカルなテイストが特色だ。そして十二月に光文社から刊行された『探偵は女手ひとつ』は、著者の出身地である山形を舞台に、元刑事で今は私立探偵の椎名留美が、ご当地ならではの事件やトラブルを解決してゆく連作。ハードボイルド＝都会型小説というイメージを覆す意欲作だ。二〇一七年に入ると、まず三月に祥伝社文庫から出た『Ｐ　Ｏ《プロテクションオフィサー》　警視庁組対三課・片桐美波』は、要人警護が任務のＳＰ（セキュリティポリス）ではなく、主に暴力団から民間人を警護する目的で創設されたＰＯの女性警察官が主人公の警察小説だ。七月に新潮文庫から刊行された『ドッグ・メーカー　警視庁人事一課監察係　黒滝誠治』の主人公はタイトル通り監察官だが、同じ警察官すら飼い犬に仕立て上げるため「ドッグ・メーカー」と恐れられるダーティーな人物に設定されているのが著者ならではだろう。「毒を以て毒を制す」は深町作品に登場する主人公の共通した行動原理と言える。

最近の深町作品の中でも特に凄絶さが際立つのが、同年九月にＫＡＤＯＫＡＷＡから刊行された『地獄の犬たち』と、十月に実業之日本社文庫から刊行された『死は望むところ』の両作だ。極秘任務を帯び、顔も名前も変えて暴力団の幹部になりすました潜入捜査官の孤独な地獄めぐりを描いた前者の読み応えはヘヴィー級であり、これまでに発表された著者の小説の中でも最高傑作だと思う。警察と武装犯罪組織の死闘を描いた後者は、冒頭からラストまで殺戮《さつりく》と拷問の連続で構成されていると言っても過言ではない。主人公かと思った人物が次々と死んでいき、誰が生き残るか全く予断を許さない展開に驚かされること必至である。

これらの小説はみな雑誌に連載されたものであり、本として纏《まと》まるタイミングがたまたま重なっただけかも知れない。とはいえ、寡作な作家というそれまでのイメージに、著者が内心「なにくそ」と思っていたとしても不思議ではない。もはや誰も彼のことを「どかどかとは書いてくれない作家」とは呼べないだろうが、刊行点数が増えても書き飛ばしに陥らず、高い水準を保っているのが頼もしいではないか。

さて、本書『オーバーキル　バッドカンパニーⅡ』は、タイトル通り『バッドカンパニー』の続篇である。野宮綾子社長率いる人材派遣会社「ＮＡＳヒューマンサービス」は、元自衛官や元警察官といった強面の社員を取《と》り揃《そろ》え、金さえ積まれれば警備から拉致まで引き受け、法律もコンプライアンスもどこ吹く風。前作同様、元自衛官で、野宮に命を救われた上に彼女に莫大な借金をしている社員の有道了慈と、元公安の刑事で野宮の秘書の柴志郎が主人公を務める話が、交互に配置される構成となっている（第三話を除く）。

第一話「ホワイトラビット」（初出《小説すばる》二〇一七年三月号）は、いつもは野宮から押しつけられた仕事を嫌々引き受ける有道が、珍しく自分から飛びつくシーンから始まる。彼にとって英雄的存在だった元プロ野球選手が困っていると聞かされたからだ。ところが実際に対面してみると、往年の英雄は重度のシャブ中になり果てていた……。仕事内容がどんどんハードなものと化してゆくのはこのシリーズの定石通りで、ラストのどんでん返しまで一気に読ませる。

顔役や暴力団が睨みを利かす赤坂で、断りも入れずにコールガールの派遣業を行う男が現れた。柴は有道とともにその背景を探りはじめたが、柴が刑事だった頃の相棒で命の恩人である現役刑事の名前が浮上してきた……というのが、第二話「アズ・タイム・ゴーズ・バイ」（初出《小説すばる》二〇一七年五月号）だ。柴が警察を辞めたきっかけが語られる物語であり、一見冷徹だが根は人を信じやすい彼の人間性が滲み出ている。

前作『バッドカンパニー』所収の「イーヴル・ウーマン」は、国会議員の妹で女子大生の朝比奈美桜が、悪事を行っているところをNASに尻尾《しっぽ》をつかまれ、度胸を買われてスカウトされる話だったが、第三話「クロスロード・ブルース」（初出《小説すばる》二〇一七年七月号）は、美桜が本格的にNASで働きだしてからの物語。ある学生集団に潜入し、悪事の証拠を摑《つか》むのが彼女の初仕事だ。女性を毒牙にかける悪党どもを一掃する痛快な任務に見えたぶん、裏に隠された深謀遠慮には慄然とさせられる。

第四話「ノーシェルター」（初出《小説すばる》二〇一七年九月号）で有道が武術の教官として鍛えることになった相手は、日本最大の関西系暴力団・華岡組（深町作品では、シリーズの壁を超えてしばしば登場する）からの独立を図る勢力に属する極道たちである。ところが、彼らの中に、有道の命を狙う華岡組の殺し屋がいるらしい……。『バッドカンパニー』所収の「ダメージ・インク」の続篇であり、対を成すような内容でもある。ただでさえ武闘派揃いの登場人物のうち、誰が殺し屋かわからないスリリングさが読みどころだ。

このシリーズでは、有道・柴・美桜といった主人公たちの個性が強烈であればあるほど、彼らを自在に動かす社長の野宮の凄《すさ》まじさが際立つようになっている。部下から見ても得体が知れない、冷徹非情な上司が登場するような物語はこれまでにも沢山あった。だが、それらの場合、上司は一見冷徹非情でも、実は人間的な情を秘めている人物として描かれるというのがありがちなパターンだ。野宮綾子というキャラクターが画期的なのは、その情の部分が全く見えない点だ（『バッドカンパニー』で一度だけ、部下たちの情に流された行動を黙認したことがあったものの、間違いなく二度目はないだろうと思わせるものがある）。抜群の演技力にものを言わせ、部下であっても平気で騙《だま》すし、それを指摘されても悪びれもしない。

振り返れば、著者はこれまでの作品で、多くの「強い女性」を描いてきた。主人公または準主人公で言えば、『アウトバーン』（二〇一一年）に始まる「組織犯罪対策課　八神瑛子シリーズ」の組対の捜査官・八神瑛子、荒廃した近未来の東北を舞台とする『ジヤックナイフ・ガール　桐崎マヤの疾走』（二〇一四年）の不良少女・桐崎マヤ、『探偵は女手ひとつ』の椎名留美、『ＰＯ　警視庁組対三課・片桐美波』の片桐美波とその元親友で今は対立関係にある捜査一課の難波塔子刑事、『死は望むところ』の組対部特捜隊の日室紗由梨らがいる。脇役に目を向けても、「組織対策犯罪課　八神瑛子シリーズ」の瑛子の相棒で元プロレスラーの落合里美や福建マフィアの大幹部の劉英麗《リウインリー》、『卑怯者の流儀』の米沢の上司で「関取」の異名を取る大関芳子管理官や「ゴースト」こと奈良本京香監察官、『ドッグ・メーカー　警視庁人事一課監察係　黒滝誠治』の黒滝の上司・相馬美貴警視らは極めて印象的なキャラクターだ。体力派から頭脳派まで多種多様だが、肝の据わり具合ではいずれ劣らぬ強者《つわもの》揃いである。

そんな彼女たちにも正義感の強いタイプとアウトロー・タイプとがあり、報酬より職業倫理を重んじる椎名留美や、警察官としての一線を踏み外すことはない片桐美波や難波塔子や相馬美貴らは前者、殺しも辞さない桐崎マヤや、警察官ながら復讐《ふくしゅう》のために手段を選ばない八神瑛子らは後者ということになる。野宮綾子はといえば完全に後者で、ひとの弱みを握って利用するやり方は八神瑛子と共通する部分もあるが、目的も手段も瑛子より遥かにえげつない。徹底した拝金主義者であるにとどまらず、戦国武将のように闘争のスリル自体を楽しむ性格でもあり、敵に廻しても味方につけても剣呑《けんのん》極まりない存在だ。だが、だからこそ魅力的に思えてくるのは、たぶん著者自身が柴さながらに野宮に惚《ほ》れ込んで書いているからではないだろうか。そう思わせるものがこのシリーズにはある。

さて、第五話「ブラック・マジック・ウーマン」（初出《小説すばる》二〇一七年十一月号）と第六話「バーサス」（初出《小説すばる》二〇一八年一月号）では、今まで謎に包まれてきた野宮綾子の素性がついに明らかになる。とはいえ、だからといって彼女にまつわる得体の知れない印象が薄まったりはしないあたりが野宮の野宮たる所以《ゆえん》だろう。彼女の全体像は、今後シリーズが続いても当分見えてくることはなさそうだ。ＮＡＳの社員たちのみならず、読者もどこまで彼女について行けるかを試されているかのようである。

（せんがい・あきゆき　書評家）

本書はフィクションであり、実在の団体、地名、人名などには一切関係ありません。

本書は、以下に掲載されたものをまとめたオリジナル文庫です。

初出誌「小説すばる」
ホワイトラビット　二〇一七年三月号
アズ・タイム・ゴーズ・バイ　二〇一七年五月号
クロスロード・ブルース　二〇一七年七月号
ノーシェルター　二〇一七年九月号
ブラック・マジック・ウーマン　二〇一七年十一月号
バーサス　二〇一八年一月号

深町秋生の本

バッドカンパニー

人材派遣会社「NAS」。ヤクザ、テロリスト、国会議員……。法律なんてどこ吹く風、どんな依頼相手でも金を積まれれば汚れ仕事も引き受ける。スリリングなアクション満載の連作短篇。

集英社文庫

集英社文庫　目録（日本文学）

集英社文庫　目録（日本文学）

藤原美子　我が家の流儀　藤原家の闘う子育て
藤原美子　家族の流儀　藤原家の褒める子育て
船戸与一　猛《たけ》き箱舟(上)(下)
船戸与一　炎　流れる彼方
船戸与一　虹の谷の五月(上)(下)
船戸与一　降臨の群れ(上)(下)
船戸与一　河畔《かはん》に標《しるべ》なく
船戸与一　夢は荒れ地を
船戸与一　蝶舞う館
古川日出男　サウンドトラック(上)(下)
古川日出男　gift
辺見庸　水の透視画法
保坂展人　いじめの光景
星野智幸　ファンタジスタ
星野博美　島へ免許を取りに行く
細谷正充・編　新選組傑作選　誠の旗がゆく
細谷正充・編　時代小説傑作選　江戸の爆笑力
細谷正充　宮本武蔵の『五輪書』が面白いほどわかる本
細谷正充・編　時代小説アンソロジー　くノ一、百華
細谷正充・編　野辺に朽ちぬとも　吉田松陰と松下村塾の男たち
堀田善衛　若き日の詩人たちの肖像（上・下）
堀田善衛　めぐりあいし人びと
堀田善衛　ミシェル城館の人　第一部　争乱の時代
堀田善衛　ミシェル城館の人　第二部　自然　理性　運命
堀田善衛　ミシェル城館の人　第三部　精神の祝祭
堀田善衛　ラ・ロシュフーコー公爵傳説
堀田善衛　上海にて
堀田善衛　ゴヤ　Ⅰ　スペイン・光と影
堀田善衛　ゴヤ　Ⅱ　マドリード・砂漠と緑
堀田善衛　ゴヤ　Ⅲ　巨人の影に
堀田善衛　ゴヤ　Ⅳ　運命・黒い絵
穂村弘　本当はちがうんだ日記
堀辰雄　風立ちぬ
堀江貴文　徹底抗戦
堀江敏幸　なずな
本上まなみ　めがね日和
本多孝好　MOMENT
本多孝好　正義のミカタ　I'm a loser
本多孝好　WILL
本多孝好　MEMORY
本多孝好　ストレイヤーズ・クロニクル　ACT-1
本多孝好　ストレイヤーズ・クロニクル　ACT-2
本多孝好　ストレイヤーズ・クロニクル　ACT-3
誉田哲也　あなたが愛した記憶
本多有香　犬と、走る
本間洋平　家族ゲーム
前川奈緒　深谷かほる・原作　ハガネの女
槇村さとる　イマジン・ノート

集英社文庫

オーバーキル　バッドカンパニーII

2018年5月25日　第1刷　　定価はカバーに表示してあります。
2018年6月6日　第2刷

著　者　深町秋生《ふかまちあきお》

発行者　村田登志江

発行所　株式会社　集英社
東京都千代田区一ツ橋2-5-10　〒101-8050
電話　【編集部】03-3230-6095
【読者係】03-3230-6080
【販売部】03-3230-6393（書店専用）

印　刷　凸版印刷株式会社

製　本　凸版印刷株式会社

フォーマットデザイン　アリヤマデザインストア　　マークデザイン　居山浩二

ISBN978-4-08-745743-8 C0193